U0658239

教育部统编语文教材指定阅读书目

千家诗

（南宋）谢枋得　（清）王相　编选

杨卫芹　译注

百花洲文艺出版社

图书在版编目（CIP）数据

千家诗／（南宋）谢枋得，（清）王相编选；杨卫芹
译注. —南昌：百花洲文艺出版社，2018.2
ISBN 978－7－5500－2679－7

Ⅰ．①千… Ⅱ．①谢… ②王… ③杨… Ⅲ．①古典诗
歌－诗集－中国②千家诗－注释③千家诗－译文 Ⅳ.
①I222.72

中国版本图书馆 CIP 数据核字（2018）第 023764 号

千家诗

（南宋）谢枋得 （清）王相 编选 杨卫芹 译注

出 品 人 杨建峰
出 版 人 姚雪雪
责任编辑 杨 旭
美术编辑 松 雪 王 进
制 作 陈美林
出版发行 百花洲文艺出版社
社 址 南昌市红谷滩世贸路 898 号博能中心 A 座 20 楼
邮 编 330038
经 销 全国新华书店
印 刷 河北鹏润印刷有限公司
开 本 880mm ×1230mm 1/32 印张 8.5
版 次 2018 年 2 月第 1 版第 1 次印刷
字 数 176 千字
书 号 ISBN 978－7－5500－2679－7
定 价 28.00 元

赣版权登字 05－2018－62

邮购联系 0791－86895108
网 址 http://www.bhzwy.com
图书若有印装错误，影响阅读，可向承印厂联系调换。

前　言

《千家诗》起源很早，追溯其源流，可上溯至南宋时诗人刘克庄的《后村千家诗》。但由于门类太多、卷帙较繁，不易普及。在清代前期流行的不是《后村千家诗》，而是在其基础上增删修订而成的《增补重订千家诗》，由南宋谢枋得选，全集选诗226首。

谢枋得，字君直，号叠山，信州弋阳（今属江西）人。他与文天祥是同科进士，曾任江西招谕使等职。元兵南下后他被遣送至大都，绝食而死。

《千家诗》在清代与《三字经》《百家姓》《千字文》并称为"三、百、千、千"，同是蒙学中流传最广的读本。与其他诗选相比，《千家诗》有以下几个特点：一是只收七言绝、律和五言绝、律四种近体诗；二是所选诗歌按诗体分开，每种诗体下又按春、夏、秋、冬的季节排列；三是除了两首七律是明代作品外，所收的全是唐、宋两代诗人的作品；四是选有相当数量的应制诗及朝省诗，而这两类只见技巧而不写性情的诗是一般供欣赏用的选集很少选入的；五是涉及的诗人十分广泛，全集选诗二百二十六首，作者竟有一百二十三人之多；六是所选诗歌既有许多名人名作，也有不少罕为人知的好诗，内容大多单纯易晓，文字则较浅显，易于成诵。

这些特点，一般说来对初学者都是有益的，这大概也是它之所以能风行全国、在诗歌类蒙学读本中独占鳌头的原因。中晚唐以下，近体诗已成为诗歌创作的主流，并且也是学作古体诗之前首先得入门的先阶，集中将它们选编成集并分体排列，无疑有利于初学者窥其门径。将诗歌按季节排列，有利于初学者熟悉不同诗人在四季生活中取景、写景的不同手法。所选诗作皆唐、宋人所作，与这一选集滥觞于刘克庄有关，但也较能反映中国诗歌史中唐、宋两代相对处于高峰时期的实际情况。集中涉及较多诗人，对初学者尽可能多地掌握诗史方面的知识、熟悉各具特色的多种风格，显然也是有益的。至于应制诗和朝省诗，在思想性上固然不足取，但这类诗在内容、文字及格律上都有很大限制，从而对作诗技巧有较高要求，对不是以欣赏为主，而是以学习为主的初学者来说，这类诗无疑有借鉴之用。

2018 年 1 月

目 录

七言绝句

七言律诗

五言绝句

七言绝句

春日偶成[①]
程颢[②]

云淡风轻近午天[③]，傍花随柳过前川。
时人不识余心乐，　将谓偷闲学少年。

【注释】

①又题作《偶成》。这是一首即景诗，诗人以清新自然的语言描绘出春天的景象，表达了诗人的闲适自得之乐，体现了诗人对平淡自然境界的追求。

②程颢（1032—1085）：字伯淳，号明道，北宋时期著名理学家、学者，洛阳（今属河南）人，人称明道先生。与其弟程颐奠定了北宋理学基础，世称"二程"。"二程"的学说为朱熹所继承和发展，世称"程朱学派"。

③午天：正午时分。

春日①
朱熹②

胜日寻芳泗水滨③，无边光景一时新。
等闲识得东风面④，万紫千红总是春⑤。

【注释】

①这是一首流传很广的写景记游诗，充满哲理。诗人通过探寻春天以及在春天里的感悟来阐明道理：探寻儒家真谛，踏入孔圣之门就能领略到无边风景。

②朱熹（1130—1200）：字元晦，号晦庵、晦翁、考亭先生、云谷老人、逆翁等，别称紫阳先生。南宋著名理学家，中国思想史上极具影响力的学者之一。祖籍徽州婺源（今属江西），宋高宗绍兴十八年（1148）进士。是宋代理学集大成者。

③胜日：天气晴朗的日子。寻芳：看花观景。泗水：在今山东省中部。由于孔子曾经在泗水等地讲学，故而后世以此为孔门儒家的典故。

④等闲：不经意。

⑤万紫千红：形容色彩缤纷。

春宵①

苏轼②

春宵一刻值千金，花有清香月有阴。
歌管楼台声细细，秋千院落夜沉沉。

【注释】

①这是一首描写春夜景色的名诗。诗人直切主题，语言清新流畅。通过描写春夜中的花、月以及细细的歌管声，表达了浓厚的惜春之意。特别是首句，更成为千古传颂的名句。

②苏轼（1037—1101）：字子瞻，号东坡居士，眉山（今四川眉山）人。北宋卓越的诗人和文学家。与父苏洵、弟苏辙被称为"三苏"。宋仁宗嘉祐二年（1057）进士。苏轼的诗歌气势磅礴，笔力雄健。擅长词，是豪放派的代表人物。

城东早春[1]

杨巨源[2]

诗家清景在新春[3]，绿柳才黄半未匀[4]。
若待上林花似锦[5]，出门俱是看花人。

【注释】

①这首诗描述早春风光，细致入微地描绘出早春的清新宜人，抒发了对早春的偏爱之情。

②杨巨源（755—832）：字景山，河中（今山西永济）人。唐代诗人。唐德宗贞元五年（789）进士。有《杨少尹诗集》，《全唐诗》存诗一卷。

③诗家：诗人。清景：指适合于作诗的清新景色。

④绿柳才黄半未匀：写柳树刚显现出新鲜的鹅黄色，色泽还不均匀。

⑤上林：即上林苑，本是汉代的著名宫苑，这里代指唐代长安的花园。

春夜①

王安石②

金炉香烬漏声残③，剪剪清风阵阵寒④。
春色恼人眠不得⑤，月移花影上栏杆。

【注释】

①又题作《夜值》。宋代的制度规定，翰林院学士轮流在学士院留宿值班。这首诗描写了诗人入翰林院值夜班的感受。早春天气，万物都充满生机，春风得意的诗人陶醉于宫禁中的美好春色。

②王安石（1021—1086）：字介甫，号半山。抚州临川（江西）人。北宋著名政治家、文学家。唐宋八大家之一。仁宗庆历二年（1042）进士。神宗时为宰相，推选新法，后因保守势力阻挠而失败。罢相后，退居江宁（今江苏南京市）。封荆国公。有《临川集》一百卷传世。

③炉：香炉。漏声残：天快亮的时候。漏：古代滴水计算时间的计时工具。

④剪剪：形容轻柔而略带寒意的春风。

⑤春色恼人：春色吸引人。

初春小雨^①

韩愈^②

天街小雨润如酥^③，草色遥看近却无。
最是一年春好处^④，绝胜烟柳满皇都^⑤。

【注释】

①又题作《早春呈水部张十八员外》，原有二首，这是第一首。这首诗作于长安，韩愈时任吏部侍郎。描绘出早春小雨的宜人景色，抒发了诗人对春天的喜爱。诗中描绘草色若隐若现的妙趣，颇具哲理性。

②韩愈（768—824）：字退之，河南河阳（今属河南）人。唐代著名文学家。德宗贞元八年（792年）登进士第，历任国子祭酒、吏部侍郎等显职。是中唐古文运动的倡导者，有《昌黎先生集》传世。

③天街：御街，帝都街道。酥：奶酪，这里形容春雨的滋润宜人。

④处：时。

⑤皇都：京城、帝都。

元日①
王安石

爆竹声中一岁除②，春风送暖入屠苏③。
千门万户曈曈日④，总把新桃换旧符⑤。

【注释】

①元日，即农历正月初一，春节。是我国最重要的传统节日。
旧俗春节人们要放爆竹，换桃符，饮屠苏酒。这首诗描绘了
新年伊始举国上下欢庆佳节的热闹景象，也抒发了作者革新
政治、推行新法的坚定信念和乐观情绪。

②除：过去。

③屠苏：一种美酒，唐宋时有正月初一饮屠苏酒习俗，据说除
灾避邪。

④曈曈（tóng）：太阳初升时明亮的样子。

⑤桃：桃符，用桃木制成，上画神像，用来避邪。

上元侍宴^①

苏轼

淡月疏星绕建章^②，仙风吹下御炉香。

侍臣鹄立通明殿^③，一朵红云捧玉皇^④。

【注释】

①这是首应制诗，描写元宵节臣子们陪皇帝过节的盛况。内容上既有歌功颂德，又通过生动地描绘，刻画出一幅庄严的画面。上元：农历正月十五，即元宵节。

②建章：汉时宫名，故址在今西安市，这里借指宋时皇宫。

③鹄（hú）立：像天鹅一样端正恭敬地站立着，形容侍臣们严肃恭敬的样子。鹄，天鹅。通明殿：传说中玉皇大帝的宫殿，这里指宋朝皇帝临朝大殿。

④玉皇：玉皇大帝，这里指宋朝皇帝。

立春偶成①

张栻②

律回岁晚冰霜少③，春到人间草木知。
便觉眼前生意满④，东风吹水绿参差⑤。

【注释】

①这首诗描绘了春回大地的景象，通过草木、春水刻画出一派春意盎然的宜人风光。立春：二十四节气之一。

②张栻（1133—1180）：字敬夫，号南轩，汉江绵竹（今四川绵竹县）人，为南宋中兴名将张浚之子。与朱熹、吕祖谦为友，史称"东南三贤"。著有《南轩易说》《孟子说》《论语解》《南轩文集》等。

③律回：节令回转。律：古人把十二个月与音乐中的十二调对应，分为"六律"和"六吕"，"律"属阳气，"吕"属阴气。农历十二月属吕，正月属律，立春常在两个月交接时，所以称为"律回"。

④生意：生机。

⑤参差（cēn cī）：不整齐的样子，这里指风吹水动的样子。

打球图①

晁说之②

闾阖千门万户开③，三郎沉醉打球回④。

九龄已老韩休死⑤，无复明朝谏疏来⑥。

【注释】

①又题作《题明王打球图》《明皇打球图》。马球又称婆罗球，由西域传入，为帝王权贵所喜爱，唐代文献中有多处玄宗打马球的记载。这首诗写了诗人观看一幅描绘唐玄宗打球的图画后的感触，以唐喻宋，借古讽今。画这幅图的画家构思十分巧妙，抓住唐玄宗打球带醉态回官这一时刻并把它置于阔大的场面中，来反思唐帝国的衰亡。诗人的心也是十分敏感的，从画面中读到了隐藏在其中的东西，发出深沉的感叹。当时正是北宋后期，宋徽宗也正是耽于蹴鞠之乐，整日不理朝政，所以，人们不难理解诗人对现实的反思与慨叹。打球图：一幅描绘唐玄宗打马球的图画。

②晁说之（1059—1129）：字以道，济州巨野（今山东巨野）人。宋神宗元丰五年（1082）进士。官至徽猷阁待制。擅画山水，兼工诗文。

③闾阖（chāng hé）：神话传说中天官的官门，这里指唐时官门。

④三郎：唐玄宗小字三郎。

⑤九龄：指张九龄，唐开元年间名相，贤明刚直，敢于直谏，后为李林甫排挤而贬职。从此以后，敢于直谏的大臣几乎绝迹。韩休：唐玄宗朝前期为相，也敢于直言进谏。

⑥无复：不再有。谏疏：谏书，臣下劝谏皇上、阐明得失的奏章。

宫词^①

王建^②

金殿当头紫阁重^③，仙人掌上玉芙蓉^④。
太平天子朝元日， 五色云车驾六龙^⑤。

【注释】

①这是一首应制诗。诗人抓住帝王乘驾出现的时刻，通过描绘宫殿建筑的雄伟壮观与帝王车驾的皇家气派，歌咏太平天子祭祀典礼。宫词：是唐代诗歌中常用的诗题，描写宫中生活，内容大多描写深宫中宫女的忧愁和哀怨，一般为五言或七言绝句。其中以王建的《宫词百首》最为出名。

②王建（约767—831）：字仲初，颍川（今河南许昌）人。唐代诗人。出身寒微。大历十年（775）进士。四十岁以后，始任县丞、司马之类的低级官职，世称"王司马"。善作乐府，其以田家、蚕妇、织女、水夫等为题材的诗篇，语言朴实。与张籍齐名，称"张王乐府"。以七绝作《宫词》百首，是研究唐代宫廷生活的重要材料。

③紫阁：华丽的楼阁，这里指朝元阁，是唐朝天子祭祀上天的地方，位于华清宫老君殿北。

④仙人：朝元阁铜铸仙人。汉武帝迷信神仙，于建章宫筑神明台，立铜仙人舒掌捧铜盘承接甘露，冀饮以延年。从此仙人掌、玉芙蓉便成为宫禁的标志之一，同时也就成为描写宫中生活的常用词。

⑤五色云车：传说中仙人的车乘。这里借指天子的銮舆。六龙：神话传说日神乘车，驾以六龙，羲和为御者。古代天子的车驾为六马，马八尺称龙，因以为天子车驾的代称。

廷试①

夏竦②

殿上衮衣明日月③，砚中旗影动龙蛇④。
纵横礼乐三千字⑤，独对丹墀日未斜⑥。

【注释】

①这首诗描写作者参加科举殿试的情景。首句写帝王端坐，龙袍灿烂夺目；次句写两列仪仗，彩旗飘飘；三句写自己答卷时挥毫如飞；末句写日未落已答完题，心情畅快，如春风拂面，得意洋洋。

②夏竦（985—1051）：字子乔，江州德安（今属江西）人。北宋大臣，累官至枢密使，封英国公。谥"文庄"。有《文庄集》《古文四声韵》等作。

③衮（gǔn）衣：古代帝王及王公绣龙的礼服，这里指皇帝的礼服。

④砚中旗影动龙蛇：此句描写龙旗上的动物映在砚中的动态。

⑤礼乐：礼仪和音乐，这里指国家的典章制度。古代帝王常用兴礼乐为手段以求达到尊卑有序、远近和合的统治目的。

⑥独对：宋朝有特荐科，指被荐者单独面对皇帝策试。丹墀（chí）：指宫殿的赤色台阶或赤色地面。

咏华清宫①

杜常②

行尽江南数十程③，晓风残月入华清。
朝元阁上西风急④，都入长杨作雨声⑤。

【注释】

①这是一首咏史诗。作者通过描写游览华清宫所见的凄凉景象，抒发了历史兴亡与繁华不再的感慨。旧本题作者为"王建"，误。华清宫：唐代离宫，以温泉汤池著称，在今陕西省临潼骊山北麓。据文献记载，秦始皇曾在此"砌石起宇"，西汉、北魏、北周、隋诸多朝代曾在此处建汤池。唐贞观十八年（644）太宗皇帝诏令在此造殿，赐名汤泉宫。天宝六年（747）改名华清宫。当时这里台殿环列，盛况空前，但安史之乱后皇帝很少游幸。至唐末废圮，五代成为道观。

②杜常：生卒年不详。字正甫，卫州（今河南卫辉）人，北宋诗人。昭宪皇后族孙，英宗治平二年（1065）进士。徽宗崇宁中拜工部尚书，后以龙图阁学士知河阳军。

③数十程：数十个驿站的路程，形容路途遥远。

④朝元阁：宫殿名，在华清宫内。

⑤长杨：秦汉离宫。初建于秦昭王时，因宫中有垂杨数亩而得名，西汉帝王们也常去游幸。

清平调词①

李白②

云想衣裳花想容③，春风拂槛露华浓。
若非群玉山头见④，会向瑶台月下逢⑤。

【注释】

①这首诗作于唐玄宗天宝二年（743），李白时为待诏翰林，唐玄宗与杨贵妃在兴庆宫沉香亭前观赏牡丹，使李白作诗，李白提笔一挥而就，完成《清平调》三首，这是其中一首。玄宗令梨园弟子"抚丝竹以促歌"，"帝自调玉笛以倚曲"。歌罢，玄宗与贵妃大加叹赏。这首诗用多种修辞手法，以盛开的牡丹，天上的仙女等比喻杨贵妃，不落俗套。

②李白（701—762）：字太白，号青莲居士，唐朝著名诗人。祖籍陇西成纪（今甘肃静宁西南），才华横溢，志气高远，飘然若仙。玄宗年间一度被召入长安，供奉翰林，后受排斥离京。纵情诗酒，追求自由，足迹遍及中国大江南北。诗风豪放，极具想象力。人称"诗仙"。著有《李太白集》。

③云想衣裳花想容：形容杨贵妃的美貌。想，像、似。

④群玉：山名，神话传说中西王母所住的仙山。

⑤瑶台：西王母居住的宫殿。

题邸间壁[①]

郑会[②]

荼蘼香梦怯春寒[③]，翠掩重门燕子闲。

敲断玉钗红烛冷[④]，计程应说到常山。

【注释】

①这首诗是诗人在旅行途中所作，抒发了对家乡妻子深深的思念之情，通过描述凄清的景物，排遣自己的内心寂寞。邸：旅舍。

②郑会：字文谦，贵溪（今江西贵溪县）人。南宋宁宗嘉定四年（1212）进士。其余生平不详。

③荼蘼（tú mí）：一作"酴醾"，也叫木香。蔷薇科植物，春末夏初开花，花白色，有清香。怯：畏怯，这里有惊醒之意。

④钗：古代女子插于发上的装饰品，也常用来剔除烛烬。

绝句①

杜甫②

两个黄鹂鸣翠柳，　一行白鹭上青天③。
窗含西岭千秋雪④，门泊东吴万里船⑤。

【注释】

①这首诗作于唐代宗广德二年（764）暮春，是一首咏春名篇。诗歌生动地刻画了浣花溪草堂的优美景致，表达了对美好山河的热爱。

②杜甫（712—770）：字子美，祖先为襄阳人，是杜审言嫡长孙。唐代大诗人，与李白齐名，时称"李杜"。玄宗天宝五年（746）赴京，举进士不第，寓居长安十年。安史之乱后，逃至凤翔投奔肃宗，授左拾遗。后失官移居成都，筑草堂于浣花溪上。后被表为检校工部员外郎，故世称杜工部。晚年离蜀东游，病死途中。他的诗歌多以忠君忧国、伤时念乱为本题，关心人民疾苦，关注国事。

③白鹭（lù）：鹭鸶，羽毛纯白。

④西岭：指岷山，在成都西。岷山积雪终年不化，故称"千秋雪"。

⑤东吴：今江浙一带，古称东吴。

海棠①

苏轼

东风袅袅泛崇光，香雾空濛月转廊。
只恐夜深花睡去，故烧高烛照红妆②。

【注释】

①这是一首咏物诗，前两句从视觉、嗅觉角度描写物，表现了在月色宜人的夜晚，微风吹拂下的海棠花散发着香气，美丽如画的情景。后两句写诗人自己，因为怕海棠在深夜中睡过去，故此点上蜡烛。

②李商隐《花下醉》中有诗句"客散酒醒深夜后，更持红烛赏残花"，苏轼化而用之。

清明①

杜牧②

清明时节雨纷纷，路上行人欲断魂③。
借问酒家何处有，牧童遥指杏花村。

【注释】

①这首诗描写清明节的景象，用短短几行字描绘出一幅生动的图画。诗歌中行人孤身一人，赶路途中又淋了雨，心境迷乱。于是向牧童打听，得知杏花村有酒家。

②杜牧（803—852）：字牧之，京兆万年（今陕西省西安市）人。晚唐著名诗人。长期担任江西等处节度使的幕僚，又历任黄州、池州、睦州的刺史等职，官至中书舍人。其诗情豪迈，人称"小杜"（"老杜"为杜甫）。有《樊川文集》，《全唐诗》存其诗八卷。

③断魂：失魂落魄。

清明①

魏野②

无花无酒过清明，　兴味萧然似野僧。
昨日邻家乞新火③，晓窗分与读书灯。

【注释】

①这首诗以清明为背景，对比他人踏青游玩，诗人却像山僧一样过着萧条寂寞的日子，新乞得火种，便挑灯夜读。此诗作者原题为"王禹偁"，误，今更正。

②魏野（960—1019）：字仲先，号草堂居士，陕州（今河南陕县）人。北宋诗人。不求仕进，在陕州东郊乐天洞前筑草堂隐居。卒赠秘书省著作郎。原有《草堂集》，其子重编为《巨鹿东观集》。

③新火：古时清明节前一天或前两天为寒食节，不准有火，吃冷食，到清明这一天才重新生火。

社日①

王驾②

鹅湖山下稻粱肥， 豚栅鸡栖对掩扉③。
桑柘影斜春社散④，家家扶得醉人归。

【注释】

①这首诗描写乡村社日风俗，描绘出一幅富庶太平热闹的景象。社日：祭礼土地神的节。每年春、秋两次，一般在立春、立秋后第五个戊日，分别称春社、秋社。这里写的是春社。

②王驾（851—?）：字大用，蒲州河中（今山西永济县）人。晚唐诗人。昭宗大顺元年（890）进士，官至礼部员外郎。此诗旧本作者题为"张演"。

③豚（tún）栅：猪圈栅栏。鸡栖：鸡窝。扉：门。

④春社：古代祭祀土神、五谷神，按季节分为春社与秋社。

寒食①

韩翃②

春城无处不飞花，寒食东风御柳斜。

日暮汉宫传蜡烛，轻烟散入五侯家③。

【注释】

①这首诗以含蓄深厚的语言，描绘出京城寒食节景象，以及寒食节皇宫赐火五侯的情形，宛如一幅生动的京城寒食风俗图。寒食：节令名，一般在清明前两天（一说一天）。

②韩翃：生卒年不详。字君平，南阳（今河南邓县）人。中唐诗人，为"大历十才子"之一。天宝十三年（754）进士，官至中书舍人等职。诗与钱起齐名。

③五侯：汉成帝、桓帝曾封五个功臣为侯，世称五侯，后泛指权贵。

江 南 春^①

杜牧

千里莺啼绿映红， 水村山郭酒旗风^②。
南朝四百八十寺^③，多少楼台烟雨中。

【注释】

①这首诗以凝练的笔法描绘江南春景，将咏史与描绘江南春景巧妙融合在一起，借古讽今。

②水村：水乡。山郭：古代内城为城，外城称郭，山郭是依山而建的城镇。酒旗：挂在酒店门口，用来招揽客人的招牌。

③南朝：指晋朝之后先后占据南方，建都在建康（今江苏南京市）的宋、齐、梁、陈四个朝代，统称"南朝"。

上高侍郎①

高蟾②

天上碧桃和露种③，日边红杏倚云栽。
芙蓉④生在秋江上，不向东风怨未开。

【注释】

①这首诗是诗人落第后所作，用天上碧桃、日边红杏比喻进士及第者，以秋江芙蓉比喻自己，表达了在逆境中的不屈与奋斗精神。高侍郎：指高骈。侍郎，官名。

②高蟾：生卒年不详。渤海（今山东北部）人。晚唐诗人。僖宗乾符三年（876）进士，官累至御史中丞。

③碧桃：传说中的仙桃。

④芙蓉：荷花，此处为诗人自此，流露出不依权贵的志向。

绝句^①

僧志南^②

古木阴中系短篷^③，杖藜扶我过桥东^④。
沾衣欲湿杏花雨，　吹面不寒杨柳风。

【注释】

①这是一首歌咏春天的佳作。语言清丽明快，将春天宜人的风光描绘得十分生动。

②僧志南：南宋和尚，生平不详。志南是他的法号。

③短篷：有篷的小船。

④杖藜扶我：即"我扶杖藜"。杖藜，指以藜的老茎制成的手杖。藜，一种藤类植物。

游园不值①

叶绍翁②

应怜屐齿印苍苔③，小扣柴扉久不开。
春色满园关不住， 一枝红杏出墙来。

【注释】

①这是一首流传很广的诗，富有哲理性。诗人通过游园没有遇到主人的事情，说明新生事物是无法扼杀的，反映了春天万物充满着勃勃生机。不值：没有遇到主人。

②叶绍翁：生卒年不详。字嗣宗，号靖逸，浦城（今福建浦城县）人。南宋中期诗人。诗属江湖派，尤擅七绝。有《靖逸小集》《四朝闻见录》。

③屐（jī）：一种底下有齿的木鞋。谢灵运喜欢穿木屐登山，上山去前齿，下山去后齿，时人将此种屐称为谢公屐。苍苔：青苔。

客中行^①

李白

兰陵美酒郁金香^②，玉碗盛来琥珀光。
但使主人能醉客， 不知何处是他乡。

【注释】

①又题作《客中作》，是李白初游鲁地时所作。诗中前两句描写名酒，后两句写只要主人能以好酒待客，他乡宛如故乡，抒发了诗人的豪情逸志。

②兰陵：地名，今山东枣庄，唐代以产酒闻名。郁金香：一种姜科植物，古人用作香料，用以泡酒，可使酒色金黄，具香味。

题屏①

刘季孙②

呢喃燕子语梁间③，底事来惊梦里闲④。
说与旁人浑不解， 杖藜携酒看芝山⑤。

【注释】

①诗人以轻松明快的笔调写被燕子惊醒，于是杖藜携酒游赏芝山，表达了寄情山水的自得其乐的心情。

②刘季孙（1033—1092）：字景文，祥符（在今河南开封市）人。北宋文人，博通经史，喜好异书古文石刻。

③呢喃：燕子低鸣声。

④底来：何事。梦里闲：幽闲的梦境。

⑤芝山：山名，在江西波阳县北。

绝句漫兴①

杜甫

肠断春江欲尽头②，杖藜徐步立芳洲。
颠狂柳絮随风舞， 轻薄桃花逐水流。

【注释】

①杜甫作有《绝句漫兴九首》，这是其中的第五首。诗人在春日里游赏散心，春色甚浓，在诗人眼中却有几分狼藉，抒发了诗人对国事的忧虑。漫兴：即兴而作。

②肠断：据传王导伐蜀，军士猎获一只幼猿，母猿随之沿江而啼。导不忍，欲还幼猿，军士不肯，母猿声竭力尽而死，取而剖之，其肠寸断。后来人们便用肠断形容极度伤心。

庆全庵桃花①

谢枋得②

寻得桃源好避秦③，桃红又是一年春。

花飞莫遣随流水，　怕有渔郎来问津④。

【注释】

①宋朝灭亡以后，诗人便隐居起来，并将自己住的地方起名为庆全庵。诗人借物咏志，将自己的住所比作桃花源，表达了诗人不愿在新朝出任为官的决心。

②谢枋得（1226—1289）：字君直，号叠山，信州弋阳（今江西弋阳县）人。南宋诗人，与文天祥同科中进士。元兵南下时，为江西招谕使，率兵抗元。城陷后，流亡建阳。后元人迫其出仕，押送至大都（今北京），乃绝食而死。有《叠山集》。

③桃源：桃花源的简称。出自陶渊明的《桃花源记》。

④问津：寻访。津，本指渡口，这里指道路。

玄都观桃花^①

刘禹锡^②

紫陌红尘拂面来^③，无人不道看花回。

玄都观里桃千树， 尽是刘郎去后栽^④。

【注释】

①原题为《元和十年自朗州至京，戏赠看花君子》。这首诗通过描写春日玄都观桃花盛开，游人纷纷前去观赏的现象，影射贤臣被贬，奸臣得势，抒发了诗人对朝廷的讽刺之情。玄都观：唐代时著名道观，在今陕西省西安市南门外。

②刘禹锡（772—842）：字梦得，洛阳（今河南洛阳市）人，中唐文学家、诗人、哲学家。贞元九年（793）进士。宦海几经沉浮，官至太子宾客，检校礼部尚书。有《刘梦得文集》。

③紫陌：指京城大道。

④刘郎：诗人对自己的戏称。

再游玄都观①

刘禹锡

百亩庭中半是苔，桃花净尽菜花开。
种桃道士归何处？前度刘郎今又来②。

【注释】

①这首诗是《玄都观桃花》的续篇，晚于前作 14 年。诗人通过描写玄都观桃花的茫然无存，暗指当初权势如今已经销声匿迹，表达了自己的乐观不屈的精神。刘禹锡《游玄都观诗序》曰："予贞元二十一年为尚书屯田员外郎，时此观中未有花木。是岁出牧连州，寻贬朗州司马。居十年，召还京师，人人皆言有道士手植红桃满观，如烁晨霞，遂有诗以志一时之事。旋又出牧，于今十有四年，得为主客郎中。重游兹观，荡然无复一树，唯兔葵燕麦动摇于春风，因再题二十八字，以俟后游。"
②前度刘郎：诗人自指。

滁州西涧^①

韦应物^②

独怜幽草涧边生，上有黄鹂深树鸣。
春潮带雨晚来急，野渡无人舟自横^③。

【注释】

①这首诗描写了滁州城郊野西涧的风情景物，以幽草、黄鹂、春雨、野渡、小舟等为对象，融入诗人对自身处境的无奈和渴望避世隐居的心声，意蕴深厚而富有情趣。滁州：治所在今安徽省滁县，诗人时任滁州刺史。

②韦应物（737—792 或 793）：京兆长安（在今陕西西安市）人。中唐诗人。少年时在玄宗宫中任三卫郎，后历任滁州、江州、苏州刺史。有《韦苏州集》。

③野渡：偏僻无人照管的渡口。

花影①

谢枋得②

重重迭迭上瑶台③，几度呼童扫不开。

刚被太阳收拾去，　却教明月送将来。

【注释】

①这是首咏物诗，描写了花影的日尽甫灭、晚间又来，语言生动活泼，富有情趣；也有人认为是首政治讽刺诗，因为日月在古代是帝王的象征，所以花影比喻帝王身边奸邪小人，借花影的难于除去比喻小人得势。

②此诗本题作者为苏轼，《叠山集》卷一收为谢枋得之作，据此改正。

③瑶台：神话传说中仙人住的地方，晋王嘉《拾遗记·昆仑山》："傍有瑶台十二，各广千步，皆五色玉为台基。"

北山^①

王安石

北山输绿涨横陂^②，直堑回塘滟滟时^③。
细数落花因坐久，　缓寻芳草得归迟。

【注释】

①这首诗是王安石晚年隐居金陵钟山时所作。描写了北山的优美景色和诗人细数落花、缓寻芳草的闲情雅致，抒发了诗人寄情山水的恬淡之情。北山：钟山，即今南京紫金山。王安石晚年筑室于山腰，号"半山"。

②陂：池塘，水边。

③堑：壕沟。回塘：曲折的池塘。滟滟：水光波动的样子。

湖上①

徐元杰②

花开红树乱莺啼， 草长平湖白鹭飞。
风日晴和人意好③，夕阳箫鼓几船归④。

【注释】

①这首诗前两句描写春日西湖美景，使人宛如亲见一幅色彩鲜丽明快的西湖春景图。湖：这里指西湖。

②徐元杰（1194—1245）：字仁伯，信州上饶（今江西上市）人。南宋文人，人称天庸先生。理宗绍定五年（1232）进士，历任太常侍少卿、工部侍郎。

③人意：指人的心情。

④箫鼓：吹箫击鼓，泛指演奏各种乐器。

漫兴①

杜甫

糁径杨花铺白毡②，点溪荷叶叠青钱③。
笋根稚子无人见④，沙上凫雏傍母眠⑤。

【注释】

①这首诗是杜甫在上元二年（761）所作《绝句漫兴九首》的
第七首。诗歌用对偶的手法，生动地描写了自然景物的优美。
对杨花、幼荷、笋根、雉子与凫雏等的描绘，意境优美温馨，
抒发了诗人热爱自然、热爱生活的感情。

②糁（sǎn）：饭粒，这里指像饭粒那样散布之意。

③青钱：青铜钱，圆形有孔。这里指新生的荷叶如重叠的青
铜钱。

④稚子：这里指笋根上初生的嫩芽。

⑤凫雏：小野鸭。

春晴①

王驾

雨前初见花间蕊，雨后全无叶底花。
蜂蝶纷纷过墙去，却疑春色在邻家。

【注释】

①又题作《雨晴》，是一首随兴而作的诗，读来朗朗上口。诗人运用拟人的修辞手法，生动描绘了雨前雨后风景的不同，用词精妙，构思巧妙。

春暮①
曹豳②

门外无人问落花，绿阴冉冉遍天涯③。
林莺啼到无声处，青草池塘独听蛙。

【注释】
①这首诗描写暮春时节景致：落花已无，绿荫浓密，林莺停声，蛙声欢畅。
②曹豳（1170—1249）：字西士，号东圳，瑞安（今浙江温州市）人。宋宁宗嘉泰三年（1202）进士，历任浙东提点刑狱、宝章阁待制等职。
③冉冉：柔软下垂的样子。

落花①

朱淑贞②

连理枝头花正开③，妒花风雨便相催④。
愿教青帝常为主⑤，莫遣纷纷点翠苔。

【注释】

①这首诗以花朵为喻，写风雨催花落，春光易逝，正如人的青春时光不常在一样。寄语青帝留花常在，表达了诗人的惜春之情以及对美好生活的向往与追求。

②朱淑贞：钱塘（在今浙江杭州市）人，南宋女诗人，号幽栖居士。自幼聪慧，多才多艺，因婚姻不遂心意，抑郁而亡。诗集有《断肠集》，词有《断肠词》。

③连理枝：连在一起生长的树枝，人们用来比喻恩爱夫妻。

④催：义同"摧"。

⑤青帝：古代神话中的五天帝之一，是位于东方的司春之神，又称苍帝、木帝。

暮春游小园^①

王淇^②

一从梅粉褪残妆，　涂抹新红上海棠。
开到荼蘼花事了^③，丝丝天棘出莓墙^④。

【注释】

①这首诗写暮春小园景色，从梅花到海棠，再到春末开的花荼蘼，描绘出春景的变化。表达了诗人惜春之情和对流兴易逝的感慨。

②王淇：字蒙漪，宋代人，生平不详。

③荼蘼：又写作"酴醾"，花名，色白。

④天棘：柳枝，杨柳。一说为天门冬，为攀援草木，叶退化为线形叶状。莓：苔藓。

莺梭[①]

刘克庄[②]

掷柳迁乔太有情[③]，交交时作弄机声[④]。

洛阳三月花如锦，　多少工夫织得成。

【注释】

①这首诗用比喻、拟人等修辞手法，写黄莺在花柳中穿行，宛如勤奋的工匠织就了锦绣春光。用词活泼清新，构思新奇，表达了诗人对大自然由衷的热爱与赞美。莺梭：黄莺飞来飞去宛如穿梭，形容其轻巧敏捷。

②刘克庄（1187—1269）：字潜夫，号后村居士，莆田（今福建莆田县）人。南宋江湖派诗人的代表。理宗淳祐六年（1246）进士，官至工部尚书，以龙图阁学士致仕。有《后村先生全集》。

③掷柳：像投掷般飞上柳树。迁乔：飞上高大的树木。

④交交：黄莺的鸣叫声。

暮春即事①

叶采②

双双瓦雀行书案③，点点杨花入砚池④。
闲坐小窗读周易⑤，不知春去几多时。

【注释】

①这首诗描写诗人专心读《周易》，雀影在书案上移动，杨花飘落砚中，诗人才恍然发现时节已是春暮，表现了诗人专心攻书的自在之境。

②叶采：生卒年不详。字平岩，邵武（今福建邵武县）人。宋理宗淳祐元年（1241）进士，任秘书监之职。

③瓦雀：屋顶瓦上的麻雀，这里指麻雀的影子在书案上移动。书案：书桌。

④砚池：砚台。

⑤周易：即《易经》，儒家经典著作之一。

登山①

李涉②

终日昏昏醉梦间，忽闻春尽强登山。
因过竹院逢僧话，又得浮生半日闲③。

【注释】

①这首诗前两句写整日醉生梦死，生活了无生趣，听说春天快要结束了才打算去登山。后两句写诗人遇到僧人，相对而谈，又过了半日闲适生活，表现了诗人不得志的烦闷与无聊。

②李涉：生卒年不详。号清溪子，洛阳（今河南洛阳市）人。中唐诗人。宪宗时任太子通事舍人，文宗时召为太学博士，后流放南方。

③浮生：即指人生在世飘浮不定。

蚕 妇 吟^①

谢枋得

子规啼彻四更时^②，起视蚕稠怕叶稀。

不信楼头杨柳月， 玉人歌舞未曾归。

【注释】

①诗人用质朴的语言，通过将辛勤的蚕妇夜半起床劳作和歌妓舞女通宵不寐的生活加以对比，表达了对劳动者的敬重和对沉溺于娱乐中的人的讥讽。

②子规：即杜鹃，又称杜宇、望帝。啼彻：不停地啼叫。

晚春①

韩愈

草木知春不久归，百般红紫斗芳菲。
杨花榆荚无才思，惟解漫天作雪飞。

【注释】

①这首诗写暮春景致。以拟人手法，生动描述各种草木好像知道春天将要远去，因而争奇斗艳、各出奇招竞相展现自己的美。而杨花、榆荚如飞雪一般漫天飞舞。诗人赋予万物灵性，构思精妙，生动有趣。

伤春①

杨万里②

准拟今春乐事浓③，依然枉却一东风。

年年不带看花眼， 不是愁中即病中。

【注释】

①这首诗以议论的方式揭示诗人因为多愁多病，常辜负大好春光的景况。前两句写今年春天本想赏春多乐事，结果落空，后两句说年年如此，道出辜负春光的原因，也抒发了诗人的愁怨之情。

②杨万里（1124—1206）：字廷秀，号诚斋，吉州吉水（今江西吉安市）人，南宋著名诗人，与尤袤、范成大、陆游并称"中兴四大诗人"。历任太子博士、秘书监等职。有《诚斋集》。此诗旧本题杨简作。

③准拟：本打算。浓：指多。

送春①

王令②

三月残花落更开，　小檐日日燕飞来。

子规夜半犹啼血③，不信东风唤不回。

【注释】

①这首诗写暮春之景，通过残花落后又开，燕子在屋檐下飞来飞去，杜鹃啼叫呼唤春天，将暮春景色写得生动有趣。

②王令（1032—1059）：字逢原，广陵（今江苏扬州市）人。北宋诗人，以教书为生，其文章品格受王安石的推崇。著有《广陵先生文集》《十七史蒙求》。

③啼血：古人以为杜鹃鸟叫到极其悲苦时口中会流血。

三月晦日送春^①

贾岛^②

三月正当三十日，　风光别我苦吟身。
共君今夜不须睡^③，未到晓钟犹是春^④。

【注释】

①原题作《三月晦日赠刘评事》。采用拟人等修辞手法描写诗人与友人守夜送春的情景。诗中突出了春光的宝贵，表现了诗人恋春、惜春的感情。三月晦日：指农历三月三十日。晦日，农历每月的最后一天。

②贾岛（788—843）：字阆仙，范阳（今北京市一带）人，中唐诗人。初为僧，法名无本。还俗后数次应进士试，皆不第。文宗时任遂州长江县主簿，世称"贾长江"。他作诗刻意求工，有"苦吟诗人"之称。

③君：这里指此诗所赠对象刘评事。

④晓钟：报晓的钟声，古代以敲钟报时。

客中初夏①

司马光②

四月清和雨乍晴，南山当户转分明③。

更无柳絮因风起，惟有葵花向日倾。

【注释】

①这首诗写于宋神宗熙宁四年（1071）四月，当时司马光住在洛阳，编撰《资治通鉴》。这是一首描写初夏景致的诗，诗人抓住初夏特有的时晴时雨的天气特征和景物，描绘出一幅清新明快的夏日风景图。

②司马光（1019—1086）：字君实，陕州夏县（今山西夏县）涑水乡人。北宋文学家、史学家。世称"涑水先生"，学识渊博，主持编撰了中国历史上第一部编年体通史《资治通鉴》。

③当户：对着门户。转分明：雨中南山看不清楚，天气转晴时就清晰可见。

有约①

赵师秀②

黄梅时节家家雨，青草池塘处处蛙。

有约不来过夜半，闲敲棋子落灯花。

【注释】

①又题作《约客》。主要描写初夏的雨夜，相约的友人到半夜还没有前来，诗人不由有些焦躁不安的情景。通过描写灯花坠落与闲敲棋子等琐事，形象刻画出诗人内心的无聊、焦闷之感，而雨声、蛙鸣更加重了这种烦闷情绪。

②赵师秀（1170—1219）：字紫芝，号灵秀，永嘉（今浙江温州市）人。南宋诗人。光宗绍熙元年（1190）进士。与翁卷、徐照、徐玑号为"永嘉四灵"，并开创"江湖派"的诗风。

初夏睡起^①

杨万里

梅子留酸溅齿牙，芭蕉分绿上窗纱。

日长睡起无情思，闲看儿童捉柳花。

【注释】

①此诗本是《闲居初夏午睡起二绝句》中的第一首，作者原署"杨简"。绍兴三十二年（1162），孝宗即位，杨万里被荐为临安教授，却因父丧未能赴任。这首诗正作于诗人赋闲守丧期间。通过描绘初夏午睡醒来后闲看儿童捉柳花，表现出赋闲在家的闲适与无聊。

三衢道中①

曾几②

梅子黄时日日晴，小溪泛尽却山行。

绿阴不减来时路，添得黄鹂四五声。

【注释】

①这是一首描写游玩观赏自然景致的记游诗。在梅雨季节，好不容易遇到晴天，于是诗人兴致勃勃地外出寻芳觅胜。诗文语言清新舒缓，对所见所闻娓娓道来，透露出诗人喜悦的心情。

②曾几（1084—1166）：字吉甫，号茶山居士，赣州（今江西赣州市）人。南宋诗人，因力主抗金受到秦桧的排挤。后官至敷文阁待制，爱国诗人陆游曾师事之。其诗风轻快清丽，有《茶山集》。

即景①

朱淑贞

竹摇清影罩幽窗，两两时禽噪夕阳②。
谢却海棠飞尽絮，困人天气日初长。

【注释】

①这首诗通过描写初夏的景色，抒发了诗人郁郁寡欢、苦闷悠长的愁思。"摇""罩""噪"等字的运用非常巧妙，将夏日一景栩栩如生地展现在读者面前。即景：就眼前之景，有感而作。

②时禽：应时的鸟。

初夏游张园^①

戴敏^②

乳鸭池塘水浅深，熟梅天气半晴阴。
东园载酒西园醉，摘尽枇杷一树金^③。

【注释】

①这首诗写的是江南初夏的景致。诗人载酒游园，表现了那种愉悦尽兴、陶然忘形的情态，读来饶有趣味。张园：张姓主人的园林。

②戴敏：生卒年不详。字敏才，宋代台州黄岩（今浙江黄岩县）人，一说此诗为其子戴复古所作。

③枇杷：常绿植物，蔷薇科常绿小乔木，果实为淡黄色味美。一树金：金黄色的枇杷像一树金子一样。

鄂州南楼书事①

黄庭坚②

四顾山光接水光， 凭栏十里芰荷香③。
清风明月无人管④，并作南来一味凉。

【注释】

①此诗是诗人《鄂州南楼书事四首》中的第一首。描写夏日鄂州的湖光山色。诗中境界开阔，气势不俗，抒发了诗人被贬官后寄情山水的自在心情，显示了诗人豁达的心胸。

②黄庭坚（1045—1105）：字鲁直，号山谷道人，洪州分宁（今江西修水县）人，北宋著名文学家、诗人。英宗治平进士，为"苏门四学士"之一，也是江西诗派的创始人。有《山谷集》《山谷琴趣外篇》等。

③芰（jì）：菱，一种水中植物。

④清风明月无人管：化用李白《襄阳歌》"清风朗月不用一钱买，玉山自倒非人推"句。

山亭夏日①

高骈②

绿树阴浓夏日长，　楼台倒影入池塘。
水晶帘动微风起③，满架蔷薇一院香。

【注释】

①这首诗描绘了夏日绿树、楼台、池塘与蔷薇等景物，读来宛如眼前缓缓展开一幅色彩鲜明、景致宜人的风景图，是一首凝练动人的诗。

②高骈（821—887）：字千里，幽州（在今北京市一带）人。唐末将领，诗人。僖宗时任淮南节度使，参与镇压黄巢起义。后在扬州拥兵自立，被部将所杀。

③水晶帘：饰有水晶的帘子，这里用来比喻水面宛如一幅水晶帘子，当微风吹拂水面时，水纹与楼台交融在一起。

田家①

范成大②

昼出耘田夜绩麻③，村庄儿女各当家。
童孙未解供耕织， 也傍桑阴学种瓜。

【注释】

①原为《夏日田园杂兴十二绝》中的第七首。这首诗描写了农村初夏时的紧张劳动的情景。通过白描的手法和浅近的文字，刻画与颂扬了田家勤劳的品格。

②范成大（1126—1193）：字致能，号石湖居士，吴县（今江苏苏州市）人，南宋著名诗人。绍兴二十四年（1154）进士，历任处州知府、参知政事等职。晚年退隐故乡。善写田园诗，与尤袤、杨万里、陆游并称"南宋四大家"。有《石湖居士诗集》《石湖中》《吴船录》等。

③耘田：田间除草。绩麻：将麻的纤维搓成线。

村居即事^①

翁卷^②

绿遍山原白满川，子规声里雨如烟。
乡村四月闲人少，才了蚕桑又插田。

【注释】

①又题为《乡村四月》。这首诗通过景物描写，既刻画出江南四月细雨如烟、绿满山川的如画景致，又描绘了田家四月冒雨耕作的情形，歌颂了农民的辛勤劳作。

②翁卷：生卒年不详。字续古，字灵舒，南宋永嘉（今浙江温州市）人。与徐照、徐玑、赵师秀并称"永嘉四灵"。有《苇碧轩诗集》。旧题作者为范成大，今据翁卷的《苇碧轩诗集》改。

题榴花[①]

朱熹

五月榴花照眼明，枝间时见子初成[②]。

可怜此地无车马，颠倒苍苔落绛英[③]。

【注释】

①这首咏物诗借描写石榴花开美丽动人，却无人欣赏，只散乱在地，点缀苍苔的景象，含蓄地表达了诗人怀才不遇的无奈。

②子：指石榴。

③颠倒：横竖，散乱。苍苔：一作"青苔"。绛英：红花，这里指石榴花。

村晚[①]

雷震[②]

草满池塘水满陂，山衔落日浸寒漪[③]。
牧童归去横牛背，短笛无腔信口吹。

【注释】

①这首诗描绘了仲夏傍晚的乡村景象。诗人用白描的手法勾勒
出一幅诗情画意的图景，并通过牧童晚归的悠闲自在，表现
了诗人对田园生活的赞美与向往。

②雷震：南宋人，生平不详。

③寒漪（yī）：指带有寒意的水纹。漪，水纹。

书湖阴先生壁^①

王安石

茅檐长扫净无苔，花木成畦手自栽^②。
一水护田将绿绕，两山排闼送青来^③。

【注释】

①这首诗是诗人《书湖阴先生壁二首》中的第一首。描绘了湖阴先生居所的清幽雅致，景色的优美动人，委婉地赞扬了友人人品高洁。湖阴先生：即杨德逢，是作者晚年退居金陵钟山时的邻居。

②畦（qí）：长条形的土垄。

③排闼（tà）：推开大门。开门就可观赏山色，好像是那山推开大门自己送来的一般。

乌衣巷①

刘禹锡

朱雀桥边野草花②，乌衣巷口夕阳斜③。
旧时王谢堂前燕④，飞入寻常百姓家。

【注释】

①这首诗为《金陵五题》的第二首，流传甚广。诗人借王谢堂前燕飞入平民百姓家的现象，抒发了对人世间世事变迁，命运无常变化的感慨。曾经显赫一时的家族，如今已烟消云灭。世事沧桑变化令诗人无限感慨。

②朱雀桥：秦淮河上桥名，建于东晋咸康二年（336），正对着金陵朱雀门，距离乌衣巷不远，在六朝时是市中心去往乌衣巷的必由之路。

③乌衣巷：在今江苏南京东南秦淮河南岸，东晋时曾是王导、谢安家族的所在，因为王谢子弟多穿黑衣服，所以叫乌衣巷。一说三国时曾是东吴的军营，因士兵穿黑衣，故得此名。

④王谢：东晋时王导、谢安家族是当时有名的豪门世家。

送元二使安西①

王维②

渭城朝雨浥轻尘③，客舍青青柳色新④。

劝君更尽一杯酒， 西出阳关无故人⑤。

【注释】

①又题作《阳关三叠》《渭城曲》，曾谱为歌曲，在当时极其流行。这首诗写诗人送别友人，在柳色青青的客舍之中，与友人开怀畅饮，既表达了对友人依依不舍之情，更充满开阔豁达的豪气，是送别诗中不可多得的佳作。刘辰翁推为"古今第一"，王士禛称为唐人七绝压卷之作。元二：作者友人，生平不详。安西：唐代安西都护府，治所在龟兹（今新疆库车县附近）。

②王维（701—761）：字摩诘，太原祁（今山西祁县）人。盛唐著名诗人。工诗善画，开元九年（721）进士，累官至给事中。安史之乱时，曾被迫受伪职，所以降为太子中允。后官至尚书右丞，故世称"王右丞"。晚年信佛教，有《王右丞集》。

③渭城：秦咸阳城汉时改称渭城，在今陕西西安西北。朝雨：晨雨。浥（yì）：沾湿。轻尘：浮土。

④柳色新：古人送别要折柳相送，柳与"留"谐音，表达惜别之意。

⑤阳关：故址在今甘肃敦煌西南，玉门关之南，为古代通往西域的必经之道。

与史郎中钦听黄鹤楼上吹笛①

李白

一为迁客去长沙②，西望长安不见家。
黄鹤楼中吹玉笛， 江城五月落梅花③。

【注释】

①这首诗是李白流放夜郎，中途遇赦而返，途经武昌登黄鹤楼时所作。诗人以贾谊自比，表现了被贬后的凄凉与惆怅之情，抒发对国事的关切。虽然表达了诗人不得意之情，但全诗读来仍不失大气，气势开阔。史郎中钦：即史钦郎中，郎中为尚书省的官职。史钦事迹不详。

②迁客：被贬谪到边地的官员。这里诗人以汉人贾谊自比，贾谊原在朝廷做官，后受权臣谗毁被贬为长沙王太傅。

③江城：鄂州，今湖北武昌。落梅花：古曲名，此处可理解为《梅花落》笛曲使人听了凛然生寒意，就好像五月的江城落满了梅花。

题淮南寺^①

程颢

南来北去休便休，　白蘋吹尽楚江秋^②。
道人不是悲秋客^③，一任晚山相对愁。

【注释】

①这首诗是诗人在旅途中经过扬州，游览江边寺院时所作。当时正值秋天，诗人不禁有感而发，并以道人自比，写自己不是悲秋伤感的人，表现了诗人不为物役、自由自在的精神。
②白蘋：即白萍，浮生水面的萍草，初秋开白花。楚江：长江。
③道人：诗人自称。悲秋客：宋玉开启中国文人悲秋之思，文人多被称为悲秋客。

秋月[①]

朱熹[②]

清溪流过碧山头，空水澄鲜一色秋[③]。
隔断红尘三十里，白云红叶两悠悠[④]。

【注释】

①这首诗本是朱熹《入瑞岩道间，得四绝句，呈彦集、充父二兄》组诗中的一首。这首诗通过景物描写，以色彩和情调上的强烈对比（如秋月晴空、白云红叶等），渲染山间秋色的幽雅，表现诗人自在的人生境界。

②本诗作者原题"程颢"，误，据《朱文公集》改。

③空水：天空和溪水。澄鲜：澄净鲜明。一色秋：同是一派秋色。

④红：一作"黄"。

七夕^①

杨璞^②

未会牵牛意若何，须邀织女弄金梭。

年年乞与人间巧，不道人间巧已多。

【注释】

①描写七夕乞巧的诗非常多，这首诗却别出心裁，指出世间机巧过多，已无须再乞巧。表达了诗人对世人心机过多的不满之意。七夕：农历七月初七日，又叫乞巧节，相传在这一天牛郎与织女鹊桥相会。妇女们在院中摆瓜果，结彩线，对月穿针，希望像织女一样灵巧。

②杨璞（921—约1003）：又作杨林，字契元，号东海逸民，宋初郑州新郑（今河南新郑县）人。曾被推举给太宗并授职，后辞官而归。

立秋①

刘翰②

乳鸦啼散玉屏空③，一枕新凉一扇风。

睡起秋声无觅处， 满阶梧叶月明中。

【注释】

①这首诗通过对乳鸦、明月、梧桐叶等景物的描绘，营造出一个清朗的立秋景象。立秋：二十四节气之一，在农历八月初八前后。

②刘翰：字武子，南宋长沙（今湖南长沙县）人。曾为吴居父的幕僚。著有《小山集》。

③乳鸦：小乌鸦。玉屏：玉做的屏风，或玉色屏风，这里用来形容夜空空明如玉。

秋夕①

杜牧

银烛秋光冷画屏②，轻罗小扇扑流萤③。
天阶夜色凉如水④，坐看牵牛织女星。

【注释】

①这首诗以秋夕为背景，描写了宫女孤寂的生活和凄凉的心境。

②银烛：光色如银的蜡烛。秋光：指秋天明亮的月光。

③流萤：飞来飞去的萤火虫。

④天阶：宫中台阶。一作"天街"，指天上的街市。

中秋月^①

苏轼

暮云收尽溢清寒^②，银汉无声转玉盘^③。
此生此夜不长好，　明月明年何处看？

【注释】

①这首诗通过吟咏中秋月的皎洁美好，感叹韶华易逝、美好的事物不能长久，更表达了诗人对日后命运的疑虑和担心。

②溢：满而溢，此处引申为散发。清寒：指月光清幽而带凉意。

③银汉：天河，银河。玉盘：形容月亮皎洁如玉制成的盘子。

江楼感旧[①]

赵嘏[②]

独上江楼思渺然，月光如水水如天。

同来玩月人何在？风景依稀似去年。

【注释】

①这首诗通过诗人旧地重游，登楼远望，观赏皓月，抒发了诗人对友人的怀念以及物是人非的感慨。

②赵嘏（806—852 或 853）：字承佑，山阳（今江苏淮安县）人。晚唐诗人。武宗会昌二年（842）进士，曾任渭南尉，著有《渭南集》。

题临安邸[①]

林升[②]

山外青山楼外楼，西湖歌舞几时休？

暖风熏得游人醉，直把杭州作汴州[③]。

【注释】

①这是一首政治讽刺诗。通过对西湖景象的描写，讽刺了南宋统治者，他们偏安一隅，贪图享乐，不思进取，过着醉生梦死的日子，早已把恢复统一大业抛到九霄云外。临安：南宋都城，在今浙江杭州市。邸（dǐ）：客栈，旅店。

②林升：字梦屏，南宋平阳（今浙江平阳县）人，生平无考。《西湖游览志余》录其诗一首。

③汴州：北宋都城，在今河南开封市附近。

晓出净慈寺送林子方①

杨万里

毕竟西湖六月中，风光不与四时同。
接天莲叶无穷碧，映日荷花别样红。

【注释】

①这是一首送别咏景诗。描绘了西湖六月的独特风光，通过对无穷碧绿的荷叶、格外红艳的荷花描绘，由衷地赞美了西湖美景，并委婉地表达了惜别之情。此诗旧题作《西湖》，作者题为苏轼，误，今据《诚斋集》改正。净慈寺：位于西湖南岸，与灵隐寺并为西湖两大名寺。林子方：诗人的朋友，官任直阁秘书。

饮湖上初晴后雨[①]

苏轼

水光潋滟晴方好[②]，山色空濛雨亦奇[③]。

欲把西湖比西子[④]，淡妆浓抹总相宜。

【注释】

①这是一首咏西湖的传世名作。是诗人在熙宁六年（1073）在杭州任通判时所作的《饮湖上初晴后雨二首》中的第二首。诗中以人写景，描写了西湖的晴时风光与雨后奇姿，赞美西湖宛如美女西子，无论是何种姿态，都姿态美好。

②潋滟（liàn yàn）：水光波动的样子。

③空濛：烟雨迷蒙的样子。

④西子：西施，春秋末期越国人，与王昭君、貂蝉、杨玉环并称中国古代四大美女。

入直^①

周必大^②

绿槐夹道集昏鸦， 敕使传宣坐赐茶^③。

归到玉堂清不寐^④，月钩初上紫薇花^⑤。

【注释】

①这首诗原题为《入直召对选德殿，赐茶而退》，作于宋孝宗乾道七年（1171年）七月，诗人时任左丞相。描写诗人入直召对后久久不能入睡，受到皇帝礼遇后的激动，对国事的忧虑挂心、对朝政的关心的情绪形诸笔端。入直：即入值，入宫值班供职。召对：被帝王召去问事。

②周必大（1126—1204）：字子充，庐陵（今江西吉安县）人。南宋诗人。绍兴二十一年（1151）进士。历任权给事中、中书舍人，直言敢谏。后拜左丞相，并以观文殿大学士出判潭州。著有《玉堂类稿》《二老堂诗话》等。

③敕使：传达皇帝命令的官员。

④玉堂：翰林院的别称。翰林院是负责修史及代皇帝起草诏令的官署。

⑤紫薇：落叶乔木，花紫红色，又名百日红，古代中书省多种此花，为此唐时宰相曾称紫薇令。

夏日登车盖亭①

蔡确②

纸屏石枕竹方床③，手倦抛书午梦长。
睡起莞然成独笑④，数声渔笛在沧浪⑤。

【注释】

①这首诗作于诗人被贬于安州时。诗中描述了贬官后的闲散生活，抒发了对闲适自在生活的向往，体现了诗人自得其乐的生活情趣。

②蔡确（1037—1093）：字持正，北宋泉州晋江（今福建晋江县）人。宋仁宗嘉祐四年（1059）进士。神宗年间为相，后被罢，知徙陈州、安州、邓州等。又被贬为英州别驾、新州安置。卒于贬所。

③纸屏：用藤皮茧纸制成的屏风。竹方床：竹榻。

④莞（wǎn）然：微笑的样子。

⑤沧浪：上古河流名。这里指流经安州城的沥水，为汉水支流。

直玉堂作①

洪咨夔②

禁门深锁寂无哗，浓墨淋漓两相麻③。

唱彻五更天未晓，一墀月浸紫薇花④。

【注释】

①这首诗写诗人在翰林院值夜班，代皇帝起草诏书的情景，字里行间洋溢着诗人踌躇满志的情绪。直：入宫值班。

②洪咨夔（1176—1235）：字舜俞，号平斋，南宋于潜（今浙江临安县）人。宋宁宗嘉定二年（1209）进士。累官至刑部尚书、翰林学士。著有《平斋文集》《春秋说》等。

③两相麻：任命左丞相和右丞相的诏书。任命宰相的诏书用白麻纸书写，所以简称"麻"。

④墀：台阶。

寄王舍人竹楼①

李嘉祐②

傲吏身闲笑五侯③，西江取竹起高楼④。
南风不用蒲葵扇⑤，纱帽闲眠对水鸥。

【注释】

①又题作《竹楼》。这首诗写了竹楼主人的闲适生活，表达了诗人对友人人品的赞赏与钦佩。

②李嘉祐：生卒年不详。字从一，唐代赵州（今河北赵县）人。大历年间任袁州刺史。有《李嘉祐集》。

③傲吏：清高傲世的官吏。这里指王舍人。

④西江：泛指江西一带，其地盛产竹。

⑤蒲葵扇：蒲葵做的扇子。蒲葵，常绿乔木，叶可用于制扇子。

直中书省①

白居易②

丝纶阁下文章静③，钟鼓楼中刻漏长④。
独坐黄昏谁是伴？ 紫薇花对紫薇郎⑤。

【注释】

①又题作《紫薇花》。中书省是负责颁布政令传达皇帝旨意也兼为皇帝起草诏书的中央政府机构，作者当时任中书舍人。这首诗表达了诗人在翰林院值夜班时，无所事事、时间漫长难挨的情景，抒发其内心的孤寂之感，也暗示了诗人当时在党争之中，因以国事为重，故难逢知己，遭人孤立的景况。直中书省：在中书省值班。

②白居易（772—846）：字乐天，号香山居士，下邽（在今陕西渭南县）人，中唐大诗人。唐德宗贞元十六年（799）进士。元和年任左拾遗，得罪权贵，贬为江州司马。后又任尚书司门员外郎，迁中书舍人。不久自求外任，历任杭州、苏州刺史。官至刑部尚书。著有《白氏长庆集》等。

③丝纶阁：指中书省官署。丝纶，旧称帝王的诏书为"丝纶"。

④刻漏：刻有刻度的漏壶，古代报时工具。

⑤紫薇郎：作者自称。中书省又称"紫薇省"，中书舍人又称"紫薇郎"。

观书有感①

朱熹

半亩方塘一鉴开②，天光云影共徘徊。
问渠那得清如许③，为有源头活水来。

【注释】

①这是一首借景喻理的名诗，诗中借半亩方塘比喻读书时豁然开朗的微妙感受，说明人要心灵澄明，就要多多读书，不断补充新的知识。

②鉴：镜子。开：古时镜子上覆盖镜袱，用时将其打开。

③渠：它，指方塘。如许：这样。

泛舟^①

朱熹

昨夜江边春水生，艨艟巨舰一毛轻^②。

向来枉费推移力，此日中流自在行。

【注释】

①又题《观书有感》，是《观书有感二首》之二。诗人以中流泛舟作比喻，说明做事情一定要遵循事物的客观规律，符合客观规律，做事就会事半功倍。做学问也应如此，掌握规律，自然会功到自然成。泛舟：舟浮行于水上。

②艨艟（méng chōng）：又作"艨冲"，古代的一种大型战船。一毛轻：像羽毛一样轻。

冷泉亭^①

林積^②

一泓清可沁诗脾^③，冷暖年来只自知。

流出西湖载歌舞，　回头不似在山时。

【注释】

①这首诗极言冷泉亭泉水的清澈，抒发了诗人对坚守节操者的
赞赏。冷泉亭：杭州西湖飞来峰下有泉叫做冷泉，泉上建亭
名冷泉亭。

②林积：生卒年不详。字丹山，南宋长州（在今江苏苏州市）
人。神宗熙宁九年（1076）进士。

③一泓（hóng）：一道清水。清可：清澈可人。沁：饮水而凉
润于心。诗脾：诗人的心脾。

赠刘景文[①]

苏轼

荷尽已无擎雨盖[②]，菊残犹有傲霜枝。

一年好景君须记， 最是橙黄橘绿时[③]。

【注释】

①这是苏轼于元祐五年（1090）在杭州任知州时，送给好友的一首勉励诗。刘景文当时也在杭州任兵马都督，与苏轼交往甚深。本诗又题作《冬景》。这首诗将萧瑟的初冬景致写得生动宜人，体现了诗人豁达豪迈的胸襟，并将对朋友品格操守的称颂，不着痕迹地糅合在对初冬景物的描写中。

②擎（qíng）雨盖：指荷叶。擎，举，向上托。

③橙黄橘绿时：秋季，橙橘成熟的季节。

枫桥夜泊^①

张继^②

月落乌啼霜满天，　江枫渔火对愁眠。
姑苏城外寒山寺^③，夜半钟声到客船^④。

【注释】

①这是一首描写旅客乡愁的佳作，流传很广，历代为人所称颂。诗人生动地写出了夜泊枫桥的感受。月、乌鸦、霜、枫树、渔火、寺、钟声、客船本来是诗歌中常见的词语，诗人将它们组合在一起，却营造出一种清冷、寂寥的氛围，艺术感染力极强。

②张继（约715—约779）：字懿孙，襄州（今湖北襄阳县）人，唐代诗人。天宝年进士。曾以检校祠部员外郎为洪州盐铁判官。有《张祠部诗集》。

③姑苏：苏州的别称，因苏州城外有姑苏山而得名。寒山寺：位于苏州城西十里的枫桥镇，创建于梁代天监年间，最初名为"妙利普明寺院"。相传唐代诗僧寒山子曾任该寺住持，由此改名为寒山寺。

④夜半钟声：当时寺庙有半夜击钟的习惯，也叫"无常钟"。

寒夜^①

杜耒^②

寒夜客来茶当酒，竹炉汤沸火初红。

寻常一样窗前月，才有梅花便不同。

【注释】

①这首诗写寒夜故人来访时诗人的喜悦之情。红红的炉火、滚开的水营造出温暖的气氛。诗人以茶代酒，与故人共赏窗前明月、梅花。

②杜耒（？—1225）：字子野，号小山，南宋后期人。宁宗时为太府卿许国的幕僚，随许国赴淮南，后死于军乱。

霜月^①

李商隐^②

初闻征雁已无蝉，　百尺楼南水接天。
青女素娥俱耐冷^③，月中霜里斗婵娟^④。

【注释】

①这首诗用绮丽的语言写秋夜的景致。诗人通过征雁、高楼、明月等景物，将普通人眼里的凄清萧瑟的秋夜写得生意盎然，想象奇特，华丽新奇。

②李商隐（812—858）：字义山，号玉溪生，又号樊南生，晚唐著名诗人。原籍怀州河内（今河南沁阳县）人，开成二年（837）中进士。历任秘书郎、东川节度使等职，因李、牛党争而长期受排挤。其诗独辟蹊径，开拓出寄情深婉的新境界，深深影响了晚唐和宋初西昆体诗人及清代钱谦益诸诗人。有《李义山诗集》。

③青女：主管霜雪的仙女。素娥：既嫦娥，月中仙女。

④婵娟：美好的容貌。

梅①

王淇②

不受尘埃半点侵，　竹篱茅舍自甘心③。
只因误识林和靖④，惹得诗人说到今。

【注释】

①这是一首咏物言志诗。诗人用幽默的语言和拟人的手法，描写梅花因为结识林逋从而引人注目，心中十分懊悔的情景，赞颂梅花一尘不染的高洁品质和安贫乐道的精神。

②王淇：北宋诗人，生平不详。

③甘心：快意，安于现状。

④林和靖（967—1028）：字君复，浙江大里黄贤村人，谥号"和靖先生"，他一生未结婚，最喜欢种梅和养鹤，人们说他"梅妻鹤子"，即以梅为妻以鹤为子。这诗后两句就是针对这点说的。

早春①

白玉蟾②

南枝才放两三花③，雪里吟香弄粉些④。
淡淡著烟浓著月⑤，深深笼水浅笼沙⑥。

【注释】

①此诗名为《早春》，其实在咏早梅。诗前两句写梅花开得早，向阳的枝权才有两三朵雪里飘香，后两句写梅的神韵，表现了诗人对梅的喜爱、盼春的急切心情及高雅的情趣。

②白玉蟾（1194—?）：原名葛长庚，南宋道人，字白叟、以阅、众甫，号海琼子、武夷散人等。祖籍福建闽清县，出生于海南岛琼州，后来母亲改嫁，继为白氏子，遂易名白玉蟾。学道武夷山。嘉定年间，诏征赴阙，敕封紫清明道真人。全真教尊为"南五祖"之一。能诗善赋，工书擅画。有《海琼玉蟾先生文集》。

③南枝：向阳的枝条，因得光多，所以开花早。

④吟香：吟咏初放的香花。弄粉：赏玩含苞初放的花蕊。些（suò）：句末语气助词。

⑤著：罩着。

⑥深深笼水浅笼沙：说梅花的影子随着月亮的移动，或深深地投入溪水，或者浅浅地印在沙上。

雪梅（其一）①

卢梅坡②

梅雪争春未肯降③，骚人阁笔费评章④。
梅须逊雪三分白⑤，雪却输梅一段香。

【注释】

①又题作《梅花》，共有二首。此首着重写雪、梅之争，以生动活泼的语言写梅、雪谁也不服输，只好请诗人来做个判断，而诗人费了好大工夫才发现二者各有千秋，借此写出诗人赏梅、赏雪的雅兴。

②卢梅坡：南宋诗人，生平不详。

③降：降伏，认输。

④骚人：诗人。阁笔：意为诗人自愧文采浅薄，无力表达梅、雪风韵，不敢妄自动笔。阁：同"搁"，放下。评章：评论、判断。

⑤须：本来。逊：差，不如。

雪梅（其二）①

卢梅坡

有梅无雪不精神，有雪无诗俗了人。

日暮诗成天又雪，与梅并作十分春。

【注释】

①这首诗是上首诗的姊妹篇。主要描写梅、雪在审美境界上互相依存，谁也离不开谁，表明真正的雅兴在于梅、雪并存而且有诗情。梅花开放时刻，自己的咏梅诗刚写成，天公作美又下雪了，于是诗人感受到了无限春意。

答钟弱翁①

牧童②

草铺横野六七里，笛弄晚风三四声。
归来饱饭黄昏后，不脱蓑衣卧月明③。

【注释】

①这是一首对钟弱翁所作《牧童》诗的应唱之作。诗人以亲切自然的语言，描绘了牧童牧笛弄晚、夜卧明月的舒适惬意生活，衬托出宦海浮沉、官场险恶。钟弱翁：钟傅字弱翁，北宋人，做过修撰等官，后因故被贬。据说他乡里的一个牧童作了这首诗赠他，写乡村放牛的悠闲适意，意在劝他不要留恋官场，还是回到乡村过自由自在的生活好。

②牧童：这是作者假托牧童之名而作。一说作者就是一个牧童。

③蓑（suō）衣：稻草或棕叶编制的雨具。卧月明：睡在月光下。

秦淮夜泊^①

杜牧

烟笼寒水月笼沙^②，夜泊秦淮近酒家。
商女不知亡国恨^③，隔江犹唱后庭花^④。

【注释】

①又题作《泊秦淮》，为唐诗中的名篇。诗描写月夜秦淮河萧瑟凄清的衰败景象，听到江岸上传来的阵阵靡靡之音，诗人不由得想起了南朝陈的亡国之事，从而对日渐衰落的唐帝国充满忧虑。秦淮：河名，横贯南京市流入长江。相传为秦时所开，凿钟山以疏通淮水，所以叫秦淮河。

②烟笼寒水月笼沙：是"烟""月"笼罩在"水"和"沙"上，互文见义的用法。笼，笼罩，

③商女：歌女。亡国恨：南朝国家灭亡的遗恨。

④江：秦淮河。犹：还。后庭花：歌曲名，即《玉树后庭花》，为南朝陈后主陈书宝所作，歌词中有"玉树后庭花，花开不长久"句，反映宫廷糜烂生活。当时有人认为预言了陈朝的灭亡，后人称此曲为亡国之音。

归雁①

钱起②

潇湘何事等闲回③，水碧沙明两岸苔④。
二十五弦弹夜月⑤，不胜清怨却飞来⑥。

【注释】

①这首诗用拟人的手法吟咏从南方归来的春雁。通过人雁问答，写大雁忍受不了哀怨的琴瑟声，宁愿放弃"水碧沙明两岸苔"的地方的缘由，抒发了诗人宦游他乡的羁旅之思。此诗也可理解为借鸿雁不忍听娥皇、女英琴瑟凄苦，吟咏传说本身，表达对她们的同情。

②钱起（？—780）：字仲文，吴兴（今浙江吴兴）人。天宝十年（751）登进士第，历任校书郎、考功郎中、翰林学士等，为"大历十才子"之一，与郎士元齐名，时称"前有沈宋，后有钱郎"。他的诗歌多是应景献酬之作，较少反映社会现实。绝句闲雅纤丽，含蓄蕴藉。有《钱钟文集》，《全唐诗》存诗四卷。

③潇湘：潇水与湘水于湖南零陵县汇合，称为潇湘。相传大雁南飞到衡阳南的回雁峰就不再南飞，冬天过后飞回北方。何事：何故，为什么。等闲：轻易，随便，随意。

④沙明：沙砾明净。苔：植物名，大雁可以食用。

⑤二十五弦：借代，指瑟，古瑟有五十弦，后改为二十五弦。弹夜月：传说湘水女神娥皇、女英善于弹瑟，其声哀怨凄苦。

⑥不胜：不堪，不能忍受。清怨：凄清幽怨。

题壁①

无名氏

一团茅草乱蓬蓬，　蓦地烧天蓦地空②。
争似满炉煨榾柮③，慢腾腾地暖烘烘。

【注释】

①此诗写于北宋神宗熙宁二年（1069）王安石实行变法后，
是一首打油诗。通过描写蓬草与榾柮的不同燃烧情形，向人
们昭示两种不同的生活态度。也有人说是比喻得势小人，一
时气焰万丈，一朝身败名裂，前功尽弃。甚至也有人说此诗
是反对王安石变法的。全诗用语俚俗，风格诙谐、回味无穷。

②蓦地：突然地。

③争似：怎么能比上。煨：烤。榾柮（gǔ duò）：木柴块，树
根疙瘩。可代炭用。

七言律诗

早朝大明宫^①
贾至^②

银烛朝天紫陌长^③，　禁城春色晓苍苍。
千条弱柳垂青琐^④，　百啭流莺绕建章^⑤。
剑珮声随玉墀步^⑥，　衣冠身惹玉炉香。
共沐恩波凤池上^⑦，　朝朝染翰侍君王^⑧。

【注释】

①原题为《早朝大明宫呈两省僚友》。两省指分居大明宫左右的中书、门下两省。本诗作于唐肃宗乾元元年（758）春，唐肃宗大阅诸军后，在含元殿大赦天下，贾至作此诗。诗描写了早朝大明宫时见到的早春景色，以及群臣早朝时庄严肃穆的情形，表达了诗人忠于君王的思想感情。早朝：上早朝。大明宫：唐宫殿名，始建于贞观八年（634），初名永安宫，次年改称大明宫，后曾称蓬莱宫。

②贾至（718—772）：字幼几，一作幼邻，洛阳人，唐代诗人。开元间与苏晋同掌制诰，天宝十年（751）明经耀第，为单父尉。安史之乱中随唐玄宗入蜀，迁中书舍人。官终右散骑常侍。工于诗歌，音调清畅俊逸。《全唐诗》存诗一卷。

③银烛：银色烛光，一说借喻月光。紫陌：指京师郊野的道路。

④弱柳：嫩柳。青琐：古代宫门上雕刻的连环花纹，常涂以青

色，故称青琐，后用以借指宫门。

⑤百啭（zhuǎn）：百般鸣叫。流莺：飞动的黄莺。建章：汉代宫殿名，这里指大明宫。

⑥剑珮声：大臣佩戴的宝剑和玉饰在行走时的撞击声。玉墀（chí）：宫中玉砌的台阶。

⑦沐：沐浴，身受。凤池：凤凰池，指中书省。凤凰池是禁苑中池沼，借指中书省或宰相。

⑧染翰：点染笔墨，指为国家起草诏令。侍：侍奉。

奉和贾至舍人早朝大明宫①

杜甫

五夜漏声催晓箭②，九重春色醉仙桃③。

旌旗日暖龙蛇动④，宫殿风微燕雀高。

朝罢香烟携满袖，诗成珠玉在挥毫⑤。

欲知世掌丝纶美⑥，池上于今有凤毛⑦。

【注释】

①本诗是贾至《早朝大明宫》的和诗，作于唐肃宗乾元元年（758）春。诗中描绘了诗人早朝时见到的情形，写出了群臣沐浴圣恩的喜悦，运用典故盛赞贾至世家风范、人才难得。和：唱和，以诗词酬答。贾舍人：指贾至。舍人，官名，即中书舍人。

②五夜：五更。漏声：漏壶滴水的声音。箭：漏箭，指装在漏壶中标示时间的箭杆状工具。

③九重：皇帝居住之地。醉仙桃：使仙桃像喝醉酒一样变成红色，指桃花盛开。

④旌旗：旗帜。龙蛇：旌旗上的图像。

⑤珠玉：珠圆玉润，形容语言婉转流畅。挥毫：挥笔，写作。

⑥世掌：世代掌管，贾至及其父贾曾都担任过中书舍人，掌管拟诏敕，故称"世掌"。丝纶：皇帝的诏书。

⑦池：凤凰池，即中书省。凤毛：南朝人谢凤有文才，他的儿子谢超宗能继承父业，别人称赞谢超宗"有凤毛"，意思是继承了父亲的才华。贾至的父亲贾曾也在中书省做过官，这里就是称赞贾至与他父亲一样有本事。

和贾舍人早朝①

王维

绛帻鸡人报晓筹②，尚衣方进翠云裘③。

九天阊阖开宫殿④，万国衣冠拜冕旒⑤。

日色才临仙掌动⑥，香烟欲傍衮龙浮⑦。

朝罢须裁五色诏⑧，佩声归到凤池头⑨。

【注释】

①本诗也是贾至《早朝大明宫》的和诗，作于唐肃宗乾元元年（758）春。诗运用细节描写和场面烘托，从早朝前、早朝、早朝后三个方面写出大明宫早朝时的气氛与帝王的威仪，极力称赞贾至得到朝廷的器重。

②绛帻（jiàng zé）：红色头巾。鸡人：周朝官名，后指宫中报更人，戴红色头巾。晓筹：早更。筹，计时器。

③尚衣：尚衣局，属殿内省，掌管帝王衣服。翠云裘：绿色皮衣。

④九天：天的最高处，此指帝王住所，宫禁。阊阖（chāng hé）：传说中的天门，这里指宫门。

⑤万国衣冠：指各国使臣。衣冠，官员的穿戴，这里指官员，是借代的用法。冕旒（miǎn liú）：皇帝所戴的礼冠。冕，帝王的礼帽，旒是冕前后所挂的串珠，共十二串。冕旒在这里借指皇帝。

⑥日色：借喻，指皇帝。仙掌：皇帝专用的掌扇，又叫障扇，多以野鸡尾为饰。

⑦衮（gǔn）龙：龙袍上的龙形图案。浮：浮动。

⑧五色诏：皇帝的诏书用五色纸书写。

⑨珮（pèi）声：珮玉相碰发出的声音。

和贾舍人早朝①

岑参②

鸡鸣紫陌曙光寒③，莺啭皇州春色阑④。
金阙晓钟开万户⑤，玉阶仙仗拥千官⑥。
花迎剑珮星初落⑦，柳拂旌旗露未干。
独有凤凰池上客⑧，阳春一曲和皆难⑨。

【注释】

①本诗也是贾至《早朝大明宫》的和诗，作于唐肃宗乾元元年（758）春。全诗围绕"早朝"两字做文章；"曙光""晓钟""星初落""露未干"都切"早"字；而"金阙""玉阶""仙仗""千官""旌旗"皆切"朝"字，写出皇宫建筑的富丽堂皇和宏伟气势。末联点出酬和之意，推崇对方诗艺高超。

②岑参（715—770）：唐代著名诗人。诗与高适齐名，并称"高岑"。有《岑嘉州诗集》。

③紫陌：指京师郊野的道路。

④皇州：帝都，指长安。阑（lán）：尽。

⑤金阙（què）：宫殿，这里指大明宫。

⑥仙仗：仙人的仪仗队，此处指皇帝的仪仗。

⑦剑珮：佩剑及玉石等饰物。星初落：繁星刚逝，天刚亮。

⑧凤凰池：也称凤池，指中书省。

⑨阳春：古代楚国歌曲名，是一种高雅的乐曲，《阳春》《白雪》是高雅音乐的代名词，正如《下里》《巴人》是粗俗音乐的代称。

上元应制^①

蔡襄^②

高列千峰宝炬森^③，端门方喜翠华临^④。

宸游不为三元夜^⑤，乐事还同万众心。

天上清光开夜色， 人间和气阁春阴^⑥。

要知尽庆华封祝^⑦，四十年来惠化深^⑧。

【注释】

①宋仁宗嘉祐八年（1063）正月十五上元之夜，蔡襄随御驾观灯，奉命作此诗。诗描绘了盛世上元节灯会的宏大场面与热闹非凡，盛赞皇帝与民同乐，表达了对帝王的感恩和祝福。上元：农历正月十五为上元节，又称元宵节。应制：奉帝王之命作诗。

②蔡襄（1012—1067）：北宋诗人、书法家。

③高：一作"叠"。千峰：灯山峰峦多。古代元宵节，将彩灯堆叠成山，取名鳌山。宝炬：宝灯。森：林立。

④端门：宫殿的正门，即午门。喜：一作"伫"。翠华：皇帝后面的障扇，借指皇帝的仪仗。

⑤宸游：皇帝出游。"宸"本指北斗星，常用来代指帝王或与帝王有关的事物。三元：农历正月十五称"上元"，七月十五称"中元"十月十五称"下元"，合称"三元"。

⑥和气：祥气，瑞气。阁：同"搁"，留。春阴：春夜。

⑦华封祝：据说上古圣王尧帝到华州视察，华州封人祝他多福、多寿、多儿子。后来就用"华封祝"或"华封三祝"指

对帝王的祝颂。

⑧四十余年：嘉祐八年，宋仁宗赵祯已经在位四十年。爱：一作"化"。

上元应制^①

王珪^②

雪消华月满仙台^③，万烛当楼宝扇开^④。
双凤云中扶辇下^⑤，六鳌海上驾山来^⑥。
镐京春酒沾周宴^⑦，汾水秋风陋汉才^⑧。
一曲升平人尽乐，　君王又进紫霞杯^⑨。

【注释】

①此诗原题《依韵恭和御制上元观灯》，是对皇帝所作的《上元观灯》的和诗。据《侯鲭录》载，此诗作于元祐中。诗歌极力描绘上元夜皇帝观灯时的情景和观灯归来赐宴群臣以及群臣竞相向皇帝祝寿的场面，表达了诗人祝福宋朝也要像周一样国祚昌久。

②王珪（1019—1085）：字禹玉，华阳（今四川省成都）人。北宋诗人。仁宗庆历二年（1024）进士。通判扬州，召直集贤院。累官知制诰、翰林学士、知开封府、侍读学士。哲宗即位，封岐国公，卒于位，谥文恭。珪仕英宗、神宗、哲宗三朝，以文章致位通显。有《华阳集》。

③华月：明亮的月光。

④当楼：对着楼台。宝扇：障扇，皇帝的仪仗。

⑤双凤：服侍皇帝的两个宫女。辇（niǎn）：帝王乘坐的车子。

⑥鳌：传说中的神龟。相传海上有三座仙山漂浮海面，下面有六只巨鳌背着。这里的鳌驾山是指花灯的形状，唐宋时元宵花灯多扎成鳌的形状，称为"鳌山"。

⑦镐京：镐（今西安）为西周国都，这里指北宋都城。同样，说宴赏是周宴也是将宋比作周。

⑧汾水秋风：汾水，河名，在今山西。汉武帝刘彻曾在这里与大臣宴饮。并在宴会上自己作了一篇《秋风辞》诗。

⑨尽：饮尽。尽，一作"进"。紫霞杯：酒杯名，这里借代酒。

侍宴①

沈佺期②

皇家贵主好神仙③，别业初开云汉边④。

山出尽如鸣凤岭⑤，池成不让饮龙川⑥。

妆楼翠幌教春驻⑦，舞阁金铺借日悬⑧。

敬从乘舆来此地，　称觞献寿乐钧天⑨。

【注释】

①又题作《侍宴安乐公主新宅应制》，作于唐中宗景龙三年(709) 十一月一日。中宗景龙二年 (708) 于修文馆置太学士四员，学士八员，直学士十二员，象征四时、八节、十二月。李峤等为太学士，李适等为学士，杜审言、沈佺期等为直学士，均为御用文臣。景龙三年十一月一日，安乐公主入新宅，沈佺期奉命作此诗。这首诗运用了夸张的手法，写楼台高入云霄，山水之佳胜过凤岭、饮龙川，陈设华丽、音乐美妙，突出了安乐公主的奢华富贵，皇恩浩荡。

②沈佺期 (？—713)：字云卿，相州内黄 (今属河南内黄) 人。唐代诗人。上元二年 (675) 进士及第，由协律郎累迁考功员外郎。后历任中书舍人、太子少詹事。沈佺期的诗多宫廷应制之作，内容空洞，形式华丽。但他在流放期间诸作，多抒写凄凉境遇，诗风为之一变，情调凄苦，感情真实。他还创制七律，被胡应麟誉为初唐七律之冠。与宋之问齐名，并称"沈宋"。他的近体诗格律谨严精密，史论以为是律诗体制定型的代表诗人。

③贵主：安乐公主，唐中宗女，韦后所生，买官鬻爵，干预朝政，后为玄宗所杀。好神仙：爱好神仙。

④别业：别墅。初开：刚建成。云汉边：云霄中，形容楼阁高大雄伟，上连云天。

⑤鸣凤岭：岐山，今陕西省岐山县东北，相传周朝兴起时，有凤凰鸣于岐山，所以得名。

⑥不让：不弱于，不差于。饮龙川：沂水，源出今山东沂水县，经江苏邳县流入泗水。

⑦翠幌：绿色的帘幕。

⑧金铺：门环上的黄金装饰，常作兽头或龙蛇状。

⑨称觞（shāng）：举起酒杯。献寿：敬酒祝寿。钧天：古代传说中的天中央。也指神话中天帝宫殿的所在。

答丁元珍①

欧阳修②

春风疑不到天涯③，二月山城未见花。

残雪压枝犹有桔， 冻雷惊笋欲抽芽④。

夜闻啼雁生乡思， 病入新年感物华⑤。

曾是洛阳花下客⑥，野芳虽晚不须嗟⑦。

【注释】

①又题作《戏答元珍》，写于宋仁宗景祐四年（1037）。欧阳修于上年作《朋党论》为范仲淹辩护，结果被贬为峡州夷陵（今湖北武昌）县令，丁元珍作《花时久雨》诗赠他，欧阳修遂以此诗赠答。诗人借山城春色迟迟不归，抒发了被贬后的苦闷、失意和对故乡的思念，次联富于生机的景象暗含诗人对未来的信心，同时表达了自我宽慰之情。丁元珍：丁宝臣，字元珍，时为峡州军事判官。

②欧阳修（1007—1072）：字永叔，号醉翁、六一居士，谥文忠。吉州吉水（今属江西）人，吉州原属庐陵郡，故自称庐陵人。北宋著名政治家、文学家、史学家，唐宋八大家之一。宋仁宗天圣八年（1030）进士，以翰林学士知贡举，提倡平实的文风，录取了苏轼、苏辙、曾巩等人，对北宋文风的转变起了关键作用。欧阳修的散文说理畅达，抒情委婉；诗语言流畅自然；词婉丽，承袭南唐余风。有《欧阳文忠公集》。

③春风疑不到天涯：即"疑春风不到天涯"，怀疑春风的来临。天涯，天边，这里指地处边远的峡州。

④冻雷：初响的春雷。

⑤物华：好景，这里指景物在春天的变化。

⑥洛阳花下客：作者自称。宋仁宗天圣八年（1030）至景祐元年（1034）欧阳修曾任西京（今河南省洛阳市）留守推官，洛阳盛产牡丹，北宋时花园最盛，有"天下名园重洛阳"的说法，所以称"洛阳花下客"。

⑦嗟（jiē）：叹息。

插花吟①

邵雍②

头上花枝照酒卮③，酒卮中有好花枝。

身轻两世太平日④，眼见四朝全盛时⑤。

况复筋骸粗康健⑥，那堪时节正芳菲⑦。

酒涵花影红光溜⑧，争忍花前不醉归⑨。

【注释】

①由诗中提到"身经两世太平日"可知此诗作于宋神宗熙宁三年（1071）左右，诗人时年六十岁上下。这首诗通过写诗人头戴花枝、赏春畅饮，生动地刻画了一位长者万事顺心、身体康泰的形象。插花：古时男子有发髻，鬓边也插花。吟：歌。

②邵雍（1011—1077）：字尧夫，自号安乐先生、伊川翁等。北宋著名道学家。祖籍范阳，随父迁共城（今河南辉县），后隐居苏门百源上，故后世又称其为"百源先生"。屡授官不仕，隐居洛阳，甘于淡泊，乐于饮酒著述。有《观物内外篇》《渔樵问对》，诗集则有《伊川击壤集》。

③卮（zhī）：古代的一种酒器。

④两世：六十年。古人称三十年为一世。

⑤四朝：指宋真宗、宋仁宗、宋英宗、宋神宗四代皇帝。

⑥况复：何况又。筋骸（hái）：筋骨，身体。粗：大致。

⑦芳菲：本指花草的美好，这里指一切事物的美好。

⑧涵：浸。溜：浮动。

⑨争忍：怎忍。

寓意①

晏殊②

油壁香车不再逢③，峡云无迹各西东④。
梨花院落溶溶月⑤，柳絮池塘淡淡风。
几日寂寥伤酒后，一番萧索禁烟中⑥。
鱼书欲寄何由达⑦，水远山长处处同。

【注释】

①又题作《无题》，是一首别后相思的恋情诗。诗中以凄冷的
景象作渲染，写出对一位女子的苦苦思念以及无由相通的怅
然。一说是诗人借情事抒发求贤若渴的情愫。寓意：借其他
事物寄托本意。

②晏殊（991—1055）：北宋前期婉约派词人。尤擅长小令，语
言婉丽，颇受南唐冯延巳的影响。今传世有《珠玉词》，诗百
余首，文章十数篇。

③油壁：即油壁车，一种车壁、车帷用油彩涂饰的华贵车子，
有时驾以二马、三马。这里指美人乘坐的华贵车子。香车：
用香木做的车。泛指华美的车或轿。

④峡云：巫峡上空的云，这里暗用楚襄王梦中与巫山神女相会
的典故，指所思念的女子。典出宋玉《高唐赋》。

⑤溶溶月：月光如水一样明净、皎洁、柔和。

⑥禁烟：即禁火，寒食禁火。

⑦鱼书：上古时的信封是用两块鱼形木片合成，所以书信称
"鱼书"。

寒食书事^①

赵鼎^②

寂寞柴门村落里， 也教插柳纪年华^③。

禁烟不到粤人国^④，上冢亦携庞老家^⑤。

汉寝唐陵无麦饭^⑥，山溪野径有梨花。

一樽竟藉青苔卧， 莫管城头奏暮笳^⑦。

【注释】

①赵鼎在晚年支持岳飞抗金，收复失地，反对秦桧的妥协投降，结果被贬官潮州。这首诗便作于被贬潮州期间。诗中描绘出岭南民间和平宁静、充满温馨的生活，衬托出汉唐皇室陵寝的荒凉，寄寓了对南宋朝廷内部投降派的不满和对北方大好河山沦落的感慨，抒发了世事无常的慨叹。寒食：节令名，清明前一天（一说两天）。书事：记事。

②赵鼎（1085—1147）：字元镇，解州闻喜（在今山西）人，自号得全居士。崇宁五年（1106）进士。绍兴初年两度为相，支持岳飞抗金，并荐其为统帅，传为千古佳话。后因与秦桧论议不和，罢相，贬岭南。后不食而卒。有《忠政德文集》十卷，《得全词》一卷。

③也教：也懂得。插柳：古代寒食节有门上插柳的习俗。纪年华：门上插柳，表明又一个寒食节来到了。纪，记，标记。

④粤人国：今广东、广西一带。

⑤庞老：指东汉末隐居在湖北襄阳鹿门山上的庞德，刘表几次邀请他出山都不肯，后来清明节携全家上坟祭扫，然后到龙

门山采药不返。这里是说，这儿的清明节，人们也像庞德一样携全家祭扫坟墓。

⑥汉寝唐陵：即汉唐寝陵，汉朝和唐朝帝王的陵墓。寝，古代帝王陵墓上的正殿，是祭祀的处所。麦饭：磨碎的麦煮成的饭，这里指粗糙的祭品。

⑦暮笳：傍晚的笳声。笳，古代的一种管乐器。

清明①
黄庭坚

佳节清明桃李笑，　野田荒冢只生愁。

雷惊天地龙蛇蛰②，雨足郊原草木柔。

人乞祭余骄妾妇③，士甘焚死不公侯④。

贤愚千载知谁是⑤，满目蓬蒿共一丘。

【注释】

①这首诗作于崇宁二年（1103）清明节。宋徽宗崇宁二年（1103）四月，以蔡京为左相，重审"元祐学术"，令销毁三苏、黄庭坚、秦观等人文集，在各地设立"元祐奸党碑"，妄图将旧党铲尽。黄庭坚以《承天院塔记》被贬官宜州（治所在今广西宜山），十个月后，诗人谢世。诗运用对比手法，描绘了寒食景色，并借典故抒发了郁勃不平之情，表现了对人生丑恶的鞭挞，对社会不平的愤激。

②龙蛇蛰：龙蛇起动。蛰，本指动物冬眠不食不动，这里用作发蛰、起蛰讲。

③"人乞"句：指《孟子·离娄下》所载的一则寓言：一齐国人常出入坟墓间，向人乞讨祭祀用过的酒杯，回家后则向妻妾夸耀是受到他人款待。

④"士甘"句：指介子推故事。春秋时晋文公重耳流亡国外，介子推曾随从而立有功劳。晋文公复国即位，封赏功臣时却遗忘了他，而他也不愿居功，与母亲隐居在绵田山。后晋文公想起了他，屡次召他而不出，就放火烧山，想逼他出来，

114

不料他宁死不出结果被烧死在山上。后人为了纪念他，就规定在那天禁止用火，这就是寒食节的由来。

⑤是：对、正确。

清明^①

高翥^②

南北山头多墓田，清明祭扫各纷然^③。
纸灰飞作白蝴蝶，泪血染成红杜鹃。
日落狐狸眠冢上，夜归儿女笑灯前。
人生有酒须当醉，一滴何曾到九泉^④。

【注释】

①这首诗写的是清时祭扫的观感。诗人用对比手法，展现出清明节扫墓前后迥然不同的景象，抒发了世事皆空、及时行乐的思想，表现了诗人极为消沉的情绪。

②高翥（1170—1241）：原名公弼，字九万，号菊涧，余姚（今属浙江）人。幼习科举，不第即弃，以教授为业，布衣而终。诗有民歌风，平易雅淡，脍炙人口。有《菊涧集》二十卷，已佚。清康熙时裔孙高士奇辑为《信天巢遗稿》。

③纷然：纷纷，一群群，众多的样子。

④九泉：一作"黄泉"。人死后的葬处。古人相信人死了魂归地下，其地为九泉，又称黄泉。

郊行即事①

程颢

芳原绿野恣行时②，春入遥山碧四围③。
兴逐乱红穿柳巷④，困临流水坐苔矶⑤。
莫辞盏酒十分劝， 只恐风花一片飞。
况是清明好天气， 不妨游衍莫忘归⑥。

【注释】

①这首诗描写了清明节郊游踏青的欢乐。诗中描绘了花红柳绿的郊野景色，写出诗人郊游时的畅快惬意，表现了诗人对大自然的流连忘返和惜春之情。

②恣（zì）行：尽情行走。

③遥山：远山。碧四围：绿满四野。

④兴：乘兴、随兴。逐：追逐。乱红：繁多的花。

⑤苔矶：长有青苔的石头。矶，水边突出的石头。

⑥游衍：恣意游逛。莫：同"暮"。

秋千①

僧惠洪②

画架双裁翠络偏③，佳人春戏小楼前④。
飘扬血色裙拖地，断送玉容人上天⑤。
花板润沾红杏雨⑥，彩绳斜挂绿杨烟⑦。
下来闲处从容立⑧，疑是蟾宫谪降仙⑨。

【注释】

①本诗是作者十四岁时的作品，细致地刻画了一个美丽少女在春日荡秋千的情景。诗歌用绮丽的语言描绘了佳人的衣着饰物、华美的秋千、优美的环境，盛赞女子美貌，写出了荡秋千的乐趣。

②僧惠洪（1071—1128）：俗姓彭，名德洪，字觉范，宋代高僧，新昌（今江西宜丰县）人。著有《林间集》等。

③画架：装饰精美刻有花纹的秋千架。翠络：秋千上翠绿色的绳子。

④戏：游戏，玩耍，即荡秋千。

⑤断送：打发。玉容：似玉面容，借代用法，指荡秋千的美女。

⑥花板：秋千上雕花的脚踏板。红杏雨：红杏枝头的露水。

⑦绿杨烟：碧绿的杨柳树上笼罩的烟雾。

⑧闲处：秋千边，也可解释为幽静的地方，或闲时。

⑨蟾（chán）宫：月宫，传说月中有蟾蜍，故称月宫为蟾宫。谪降仙：贬谪下凡的仙子。

曲江（其一）①

杜甫

一片花飞减却春②，风飘万点正愁人。
且看欲尽花经眼③，莫厌伤多酒入唇。
江上小堂巢翡翠④，苑边高冢卧麒麟⑤。
细推物理须行乐⑥，何用浮名绊此身。

【注释】

①又题作《曲江对酒》，共二首。作于唐肃宗乾元元年（758），杜甫时任左拾遗，但被肃宗疏远。此时"安史之乱"还没有结束，长安依然是一派凋敝景象，诗人于暮春时节游赏了曲江。诗以凄苦之语描绘了曲江暮春景象以及诗人强作旷达之状，抒发了惜春、伤春之情和无尽的愁绪。曲江：曲江池，在长安东南，为唐时长安旅游胜地，今已干涸，故址在今西安市南。

②减却：减少。却，语气助词，无义。

③欲尽：花将开完。花经眼：花在眼前出现，又解作曾经欣赏过。

④巢翡翠：翡翠鸟筑巢。翡翠，一种水鸟，又名翠雀。

⑤麒麟：我国古代的一种瑞兽，这里指麒麟石像。

⑥推：推寻，推究。物理：万物兴衰变化的道理。行乐：作乐。

曲江（其二）①

杜甫

朝回日日典春衣②，每日江头尽醉归。
酒债寻常行处有③，人生七十古来稀。
穿花蛱蝶深深见④，点水蜻蜓款款飞⑤。
传语风光共流转⑥，暂时相赏莫相违⑦。

【注释】

①这首诗与上一首是"联章诗"，为姊妹篇。诗描写了诗人强作解愁，抒发了惜春、伤春之情，表现了诗人对世事无可奈何之后的及时行乐思想。

②朝（cháo）回：上朝回来。典：典当。

③酒债：赊欠的酒钱。寻常：平常。行处：到处。

④深深见（xiàn）：时隐时现。见，现。

⑤点水：蜻蜓产卵时会不时用尾部点水。款款：缓慢。

⑥传语：寄语，传话。风光：春光。共流传：在一起逗留盘桓。

⑦违：分开，错过。

黄 鹤 楼①

崔颢②

昔人已乘黄鹤去③，此地空余黄鹤楼。

黄鹤一去不复返， 白云千载空悠悠。

晴川历历汉阳树④，芳草萋萋鹦鹉洲⑤。

日暮乡关何处是⑥，烟波江上使人愁⑦。

【注释】

①这首诗为吊古怀乡的名作，被历代传诵。诗前半部分用散文句法，后半部分用整饬的句法，描绘出黄鹤楼的凄清景色，抒发了思古之幽情和客子思乡的愁绪。黄鹤楼：故址在武昌黄鹤矶，背靠蛇山，相传始建于三国东吴黄武年间，传说仙人子安曾乘鹤过此，费文伟在此乘黄鹤登仙而去。

②崔颢（704—754）：汴州（今河南开封）人。唐玄宗开元十一年（722）进士。开元后期曾出使河东（今山西）军幕。天宝中为尚书司勋员外郎。具诗名。有《崔颢诗集》，《全唐诗》录其诗一卷。

③昔人：乘鹤仙人。

④晴川：晴朗的江面，此指汉江。历历：清晰可数。汉阳：在今武昌西北。

⑤萋萋：草木茂盛的样子。鹦鹉洲：长江中的小洲，在黄鹤楼东北，传说《鹦鹉赋》的作者祢衡葬于此。

⑥乡关：家乡。

⑦烟波：气霭笼罩的江面。

春夕旅怀^①

崔涂^②

水流花谢两无情， 送尽东风过楚城^③。

蝴蝶梦中家万里^④，杜鹃枝上月三更。

故园书动经年绝^⑤，华发春催两鬓生^⑥。

自是不归归便得^⑦，五湖烟景有谁争^⑧。

【注释】

①又题作《春夕旅梦》《春夕旅游》《旅怀》。诗中以残春景色渲染思乡愁绪，用归梦未得、杜鹃夜啼进一步突出了愁绪难泯，早生的华发时刻在唤醒着难堪的迟暮之悲。旅怀：客居他乡的情怀。

②崔涂（854—?）：字礼山，江南桐庐富春人（今浙江富春江一带）。晚唐诗人。唐僖宗光启年间进士，终生漂泊，久在巴蜀、湘鄂、秦陇为客，自称是"孤独异乡人"。工诗，诗以漂泊为题材，多羁愁别恨之作，情调抑郁苍凉。有《崔涂诗集》，《全唐诗》存诗一卷。

③楚城：泛指楚地。

④蝴蝶梦：战国学者庄周说他曾梦见自己变成一只蝴蝶。

⑤故园：家乡。书：书信。动：动辄，每每。经年：常年。绝：音信断绝。

⑥华发：花白头发。

⑦归便得：要回去就可以回去。

⑧五湖：旧称漏湖、洮湖、村湖、贵湖、太湖为五湖，泛指太湖一带。春秋时期范蠡辅佐越王勾践成就霸业后，功成身退，泛舟五湖。烟景：风烟景物。

寄李儋元锡[①]

韦应物

去年花里逢君别[②]，今日花开又一年。
世事茫茫难自料，　春愁黯黯独成眠。
身多疾病思田里[③]，邑有流亡愧俸钱[④]。
闻道欲来相问讯[⑤]，西楼望月几回圆。

【注释】

①又题作《答李儋元锡》，作于唐德宗兴元元年（784）春。前一年暮春时节，韦应物从尚书比部员外郎调任滁州刺史，离开长安，秋天到达滁州任所。李儋时任殿中侍御史，在长安与韦应物分别后，曾托人问候。次年春天，韦应物写了这首诗寄赠。诗以平淡的语言写出动荡不安的时局和对民生疾苦的同情以及自己的孤独寂寞，真切地企望友人的来访。李儋：字元锡，唐朝宗室，韦应物的好友，两人的唱和诗很多。一说李儋、元锡为两人。

②花里：花开季节，春季。

③思田里：思念故乡，这里含有盼望归隐的意思。

④邑（yì）：城市，这里指苏州。流亡：指离乡逃亡的百姓。
愧俸钱：愧对官俸。

⑤闻道：听说。问讯：探望。

江村①

杜甫

清江一曲抱村流②，长夏江村事事幽。

自去自来堂上燕， 相亲相近水中鸥。

老妻画纸为棋局③，稚子敲针作钓钩④。

多病所需惟药物， 微躯此外更何求⑤。

【注释】

①这首诗作于唐肃宗上元元年（760）夏季。当时经过四年的流亡生活，诗人与家人来到受安史之乱影响较小的成都，居住于成都浣花溪畔。诗人通过描写燕子来去自由、鸥鸟无猜、妻子画纸为棋盘和儿子做钓钩等景象，表现出浣花溪生活的惬意自适，而末句含蓄地流露出怅然之意。

②江：锦江，岷江的支流，在成都西郊的一段又叫浣花溪。

抱：环抱，绕着。

③棋局：棋盘。

④稚子：幼子。

⑤微躯：微贱的身体，诗人谦称。

夏日①

张耒②

长夏村墟风日清， 檐牙燕雀已生成③。
蝶衣晒粉花枝舞④，蛛网添丝屋角晴。
落落疏帘邀月影⑤，嘈嘈虚枕纳溪声⑥。
久斑两鬓如霜雪， 直欲樵渔过此生。

【注释】

①这首诗是诗人罢官后闲居乡里之作。诗用工笔细描的手法，描绘出夏日江村清幽美丽的景色，表达了对大自然的欣赏和归隐生活的自得之乐。

②张耒（1054—1114）：字文潜，号柯山，楚州淮阴（今属江苏）人。北宋诗人。祖籍亳州谯县（今安徽亳县），"苏门四学士"之一。宋神宗熙宁六年（1073）进士，曾任太常少卿等职。诗风平易流丽，颇有白居易、张籍、王建之风。有《柯山集》《张右史文集》《宛丘集》。

③檐牙：屋檐，因边缘呈牙齿状得名。已生成：指燕雀在屋檐下做巢，已有小雏。

④蝶衣：蝴蝶翅膀。晒粉：晒翅膀上的粉。

⑤落落：稀疏的样子。

⑥嘈嘈：流水声。虚枕：空心的枕头。纳溪声：枕边传来了流水声。

积雨辋川庄作[①]

王维

积雨空林烟火迟[②]，蒸藜炊黍饷东菑[③]。
漠漠水田飞白鹭[④]，阴阴夏木啭黄鹂[⑤]。
山中习静观朝槿[⑥]，松下清斋折露葵。
野老与人争席罢[⑦]，海鸥何事更相疑[⑧]。

【注释】

①又题《辋川积雨》，为《辋川集》之一。王维自唐玄宗天宝三年（744）至十五年（756）前后常居于辋川，作《辋川集》。诗中描绘出辋川雨后清幽的景色，表现了诗人隐居山林、脱离尘俗的闲情雅致，抒发了对幽静景色的喜爱，对宦海生活的厌倦。辋川：河流名，在今陕西蓝田县南二十里，水出终南山辋谷，北流入霸水。诗人在此有辋川别墅。积雨：久雨。

②烟火迟：烟火缓缓地上升。雨后空气湿度大，气压低，又无风，烟火升得慢。

③藜（lí）：一种野菜，又名灰菜。黍：黍子，黄米。饷：送饭。东菑（zī）：东边耕作者。菑，初耕的田地。

④漠漠：辽阔无边的样子。

⑤阴阴：阴暗潮湿。夏木：夏天的树木。

⑥习静：习惯于幽静的环境。朝槿：即木槿。

⑦野老：作者自称。争席：《庄子》载，阳子居去见老子之前，旅店的人对他很客气，纷纷给他让座。而当他从老子那

里学道归来时，旅店里的人都不再给他让座，反与他"争席"即争座位。这里的"争席罢"是说自己没有与人争名夺利的想法。

⑧海鸥：这一句也是用典故。《列子》上说，海边有一少年经常与海鸥一起玩，海鸥不躲避他。后来他父亲要他抓几只海鸥回去，第二天他再去时海鸥就不再靠近他，怀疑他有不良动机。

新竹^①

陆游^②

插棘编篱谨护持，　养成寒碧映涟漪^③。
清风掠地秋先到，　赤日行天午不知。
解箨时闻声簌簌^④，　放梢初见影离离^⑤。
归闲我欲频来此，　枕簟仍教到处随^⑥。

【注释】

①又题作《东湖新竹》。这首咏物诗突出描绘了新竹夏日给人带来的清爽感受，以及竹笋成长的勃勃生机，流露出诗人的欣喜之情，表达了其清隽的志趣以及对官场生活的厌倦。

②陆游（1125—1210）：字务观，号放翁。越州山阴（今浙江绍兴）人。南宋"中兴四大诗人"之一。二十九岁时赴试，因名次居于秦桧孙子之前，被除名。孝宗时，赐进士出身，擢镇江隆兴通判。乾道六年（1170）入蜀，任夔州通判，后卸职还乡。不久，被召赴临安任军器少监。后改任朝议大夫礼部郎中。他谏劝朝廷力图大计，被再度罢官。诗歌近万首，有《剑南诗稿》《渭南文集》《老学庵笔记》等。

③寒碧：本指碧玉，这里用来比喻清凉翠绿的新竹。涟漪（yī）：水纹，这里指微波荡漾的水面。

④解箨（tuò）：竹笋生长时脱去笋壳。箨，笋壳。

⑤放梢：竹梢伸展开。离离：竹影纵横交错的样子。

⑥枕簟（diàn）：枕头与竹席。

表兄话旧①

窦叔向②

夜合花开香满庭③，夜深微雨醉初醒。

远书珍重何曾达④，旧事凄凉不可听⑤。

去日儿童皆长大，　昔年亲友半凋零⑥。

明朝又是孤舟别，　愁见河桥酒幔青。

【注释】

①又题作《夏夜宿表兄话旧》。诗以婉丽凄清的语言，将乱后相逢的人间亲情、人生感慨、暂聚还别的惆怅，在凄凉的氛围中娓娓道来。

②窦叔向：字遗直，唐代扶风（今陕西凤翔）人。生卒年不详。官终工部尚书。工于五言，名冠时辈。今存诗九首。

③夜合：即合欢，落叶乔木，叶似槐叶，昼开暮合。一说为"夜来者"，多年生藤蔓植物。

④远书：远方亲人的来信。何由：一作"何曾"。达：一作"答"。

⑤不可：不堪。

⑥凋零：本指草木凋落，引申为人的死亡。

偶成^①

程颢

闲来无事不从容， 睡觉东窗日已红^②。

万物静观皆自得， 四时佳兴与人同^③。

道通天地有形外^④，思入风云变态中。

富贵不淫贫贱乐^⑤，男儿到此是豪雄。

【注释】

①程颢是北宋的理学大师，这首诗是写他在早晨醒来时的遐想。诗中体现了作者潜心治学的闲适生活以及体验到世间真知的快乐，表现了诗人的价值观。

②睡觉：一觉醒来。

③佳兴：好兴致。指四季美好的风光景致。

④通：贯通。有形外：形体之外，指形而上的观念。

⑤富贵不淫贫贱乐：语出《孟子·滕文公下》："富贵不能淫，贫贱不能移，威武不能屈，此之谓大丈夫。"《论语·雍也》："一箪食，一瓢饮，在陋巷之中，人不堪其忧，回也不改其乐。"意思是说富贵不能乱志，贫贱之中仍然怡然其乐。

游月陂[1]

程颢

月陂堤上四徘徊[2]，北有中天百尺台[3]。

万物已随秋气改，一樽聊为晚凉开[4]。

水心云影闲相照，林下泉声静自来。

世事无端何足计，但逢佳节约重陪[5]。

【注释】

①这是一首富含哲理意味的记游诗。描绘了秋声、秋色、秋云及世事诸方面，抒发了闲适达观、物我相悦的情怀。月陂(bēi)：水泊的名称，地址不详。陂，水池。

②四徘徊：四顾徘徊，来回走动。

③中天：半空中，形容台高。

④樽：一种盛酒的器具。聊：暂且。开：斟酒。

⑤但：只要。约：邀请。重陪：再来相陪。

秋兴（其一）①

杜甫

玉露凋伤枫树林②，巫山巫峡气萧森③。
江间波浪兼天涌④，塞上风云接地阴⑤。
丛菊两开他日泪⑥，孤舟一系故园心⑦。
寒衣处处催刀尺⑧，白帝城高急暮砧⑨。

【注释】

①这首诗是诗人组诗《秋兴八首》的第一首。唐代宗大历元
年（766）秋，杜甫在代宗永康元年夏天离开成都，准备返回
长安，秋天留滞云安，次年秋又因兵乱流寓夔州（奉节），因
秋而兴家国身世之感，作《秋兴》八首。第一首诗是整个组
诗的序曲，通过描写巫峡一带萧瑟阴晦的秋日景象，抒发了
诗人孤独漂泊的思乡之情和对国家时局的忧心忡忡。秋兴：
借秋天的景物抒发情怀。

②玉露：白露，霜。凋伤：摧残，使草木衰败，枝叶凋零。

③巫山巫峡：泛指夔州一带长江和两岸山峦。萧森：萧瑟阴
森，形容深秋景色凄冷。

④兼：连。

⑤塞上：边关险要的地方，这里指夔州地处边远，山势险要。
地阴：地面的阴暗气象。

⑥两开：两次开放，指过了两个年头。他日：往日。

⑦一系：一心永系。

⑧催刀尺：催人赶制冬衣。刀尺：指制作寒衣时所用的剪刀、

尺子等工具。

⑨白帝：白帝城，在今四川奉节城外临长江的山上，为三国时刘备托孤之处。暮砧（zhēn）：黄昏时的捣衣声。

秋兴（其三）①

杜甫

千家山郭静朝晖②，日日江楼坐翠微③。
信宿渔人还泛泛④，清秋燕子故飞飞⑤。
匡衡抗疏功名薄⑥，刘向传经心事微⑦。
同学少年多不贱，　五陵裘马自轻肥⑧。

【注释】

①这首诗是诗人组诗《秋兴八首》的第三首。表现的是晨曦中的夔州。此时虽然秋色清明、江色宁静，并没有给诗人带来内心的平静，诗人回顾往昔，慨叹诸事不遂愿。

②山郭：靠山的城郭，这里指建在山上的夔州府城。

③翠微：青绿的山色。

④信宿：再宿，连宿两夜。古代称一宿为宿，二宿叫次，二次以上叫信。泛泛：渔舟在水上漂浮的样子。

⑤故：依旧。飞飞：飞动的样子。

⑥匡衡抗疏：汉元帝时匡衡多次上疏，议论朝政，升光禄大夫、太子少傅。这里诗人慨叹自己任左拾遗时上书救房琯，结果遭贬。

⑦刘向传经：汉宣帝时，刘向奉命传授《谷梁传》，在石渠阁讲论五经（《诗经》《尚书》《礼》《乐》《春秋》，五部儒家经典著作），汉成帝时又点校内府五经。这里诗人以刘向自比，感叹自己虽有传授经书、辅佐朝廷的愿望，但往往事与愿违，反而被朝廷疏远。

⑧五陵：长安北郊五座汉代帝王陵墓，即长陵、安陵、阳陵、茂陵、平陵，汉代每建一座陵墓，都将各地豪族外戚迁到附近。轻肥：轻裘肥马，豪贵生活。

秋兴（其五）①

杜甫

蓬莱宫阙对南山②，承露金茎霄汉间③。
西望瑶池降王母，东来紫气满函关④。
云移雉尾开宫扇⑤，日绕龙鳞识圣颜⑥。
一卧沧江惊岁晚⑦，几回青琐点朝班⑧。

【注释】

①这首诗是接《秋兴八首》第四首的末句："故国平居有所思"，写长安宫阙之盛。诗人借回忆往昔写愁绪，长安宫殿巍峨壮观、早朝场面庄严肃穆、自己得识龙颜，一切都曾那么美好，而如今这些追忆只能徒增无尽的烦恼。

②蓬莱：宫殿名，唐高宗龙朔二年（662），修大明宫，改名蓬莱宫。宫阙：宫殿。阙，皇宫城门前的亭子。南山：终南山，主峰在长安以南。

③承露金茎：汉武帝刘彻为求长生，在建章宫内建一座高台，上面有金茎承露盘，说要承接仙露服食。

④函关：函谷关，在长安东面。

⑤云移：宫扇像云彩一样缓缓移动。雉尾：雉尾扇，一种用野鸡尾羽做成的宫中仪仗。

⑥日绕龙鳞：皇帝的龙袍，上有龙浮江海、旭日东升图像。也可理解为皇帝的龙袍光彩夺目，如日光缭绕。圣颜：皇帝的面容。

⑦沧江：长江。岁晚：秋天，暗指自己已近晚年。

⑧青琐：宫门上刻着连琐，有纵横交错的花纹，涂以青色，所以叫青琐，这里借指朝房。点朝班：上朝点名，依次入班。

秋兴（其七）^①

杜甫

昆明池水汉时功^②，武帝旌旗在眼中^③。
织女机丝虚夜月^④，石鲸鳞甲动秋风^⑤。
波飘菰米沉云黑^⑥，露冷莲房坠粉红^⑦。
关塞极天唯鸟道^⑧，江湖满地一渔翁^⑨。

【注释】

①这首诗是《秋兴八首》的第七首。诗人回忆昆明池的景象，抒发了诗人的孤独寂寥和忧国之思。

②昆明池：汉武帝为增强水军力量，于元狩三年（前120）在长安城西仿照云南昆明滇池，凿池训练水师，所以叫昆明池。

③武帝：汉武帝刘彻，这里代指唐玄宗。

④织女：昆明池有牛郎、织女的石雕像，分别在池的东西侧。
虚夜月：昆明池畔的织女不能纺织，虚度月光照耀的秋夜。

⑤石鲸：昆明池中玉石雕刻的鲸鱼，传说在雷雨天常吼叫动弹。动秋风：石刻鲸鱼形象逼真，好像在秋风里摆动。

⑥菰（gū）米：又称茭白，生水中，秋季结实，色白而滑，状如米，故称菰米，又名雕胡米。

⑦莲房：莲蓬。粉红：指粉红色的荷花花瓣。

⑧关塞：险隘关口，指夔州。极天：形容极高。鸟道：只有鸟可以飞过去的道路，指险峻狭窄的山路。

⑨江湖满地：形容漂泊在无穷无尽的江湖上，无所归宿。渔翁：诗人自称。

月夜舟中^①

戴复古^②

满船明月浸虚空^③，绿水无痕夜气冲^④。
诗思浮沉樯影里^⑤，梦魂摇曳橹声中。
星辰寥落碧潭水， 鸿雁悲鸣红蓼风^⑥。
数点渔灯依古岸， 断桥垂露滴梧桐。

【注释】

①又题作《月中泛舟》。诗描绘了月夜西湖泛舟时见到的凄清冷寂的秋景，表现了诗人在乱世中孤独悲凉的愁思。

②戴复古（1167—1250）：字式之，号石屏，宋代黄岩（今浙江黄岩县）人。

③浸虚空：天空倒映水中，船好像在空中行驰，所以说"浸虚空"。

④夜气冲：夜寒逼人。冲，弥漫。

⑤诗思：诗歌创作过程中的情思。浮沉：隐现。樯（qiáng）影：帆影。

⑥红蓼（liǎo）风：红蓼花开时的风，指秋风。蓼，一种草本植物，花小，红色或白色，生长在水中或水边。

长安秋望①

赵嘏

云物凄清拂曙流②，汉家宫阙动高秋③。

残星几点雁横塞④，长笛一声人倚楼。

紫艳半开篱菊静⑤，红衣落尽渚莲愁⑥。

鲈鱼正美不归去⑦，空戴南冠学楚囚⑧。

【注释】

①又题作《长安秋夕》《长安秋晚》。唐文宗大和初年（827），
诗人客游浙东，后至宣城，数次应举，皆不第。这首诗作于赵
嘏应试未第滞留长安时。诗人通过描绘长安拂晓的凄清秋色，
运用典故，抒发了诗人孤寂怅惘的愁思和对田园生活的向往。

②云物：云雾。凄清：一作"凄凉"。拂曙：拂晓，天刚亮。
流：流动，指拂晓的光亮在逐渐延伸。

③汉家宫阙：借汉喻唐，指唐代的宫殿。动高秋：巍然耸立的
宫殿，似乎触动了高高的秋空。

④雁横塞：雁飞过边塞。横，度，越过。

⑤紫艳：艳丽的紫色菊花。

⑥红衣：这里指红色的莲花瓣。渚（zhǔ）：水中的小块陆地。

⑦鲈鱼正美：《世说新语·鉴识篇》载，晋时吴郡（今苏州）张
翰在洛阳做官，一次见秋风起，便想起家乡鲈鱼莼羹正是味美
时候，便弃官而归，后被传为归隐美谈。这里流露出思乡心切。

⑧南冠：囚犯，用楚国钟仪囚于晋国的典故，表现身不由己，
难得归乡。

新秋①

杜甫

火云犹未敛奇峰②，欹枕初惊一叶风③。
几处园林萧瑟里，　谁家砧杵寂寥中④。
蝉声断续悲残月，　萤焰高低照暮空⑤。
赋就金门期再献⑥，夜深搔首叹飞蓬⑦。

【注释】

①这首诗大约作于唐肃宗上元二年（761），这年八月杜甫正
寓居成都西郊草堂。诗人从细处着笔，通过落叶惊风、砧杵
声起、蝉鸣渐细等物候变化写出秋意的悲凉，抒发了迟暮之
心与身世飘零之感。新秋：初秋。

②火云：彩云。一说是火烧云，也可理解为夏季炽热的云彩。
奇峰：形容火云的形态。

③欹（qī）：倾斜，斜靠着。一叶风：传说立秋一到，梧桐就
要落下一片叶子，后人用此指代秋风。

④砧杵（zhēn chǔ）：捣衣具。砧，捣衣石。杵，捣衣棒。唐
人制作冬衣要先用木杵、石砧捣练。

⑤萤焰：萤火虫发出的光亮。

⑥金门：汉代官殿门，又叫金马门。汉武帝得大宛马，命人铸
铜像，立于鲁班门外，所以称作金马门。汉代征召来的人中
才能优异者，令待诏金马门。这里是说，想献策于朝廷，以
求仕进，建功立业。

⑦飞蓬：指枯后根断遇风飞旋的蓬草，比喻自己漂泊的身世。

中秋①

李朴②

皓魄当空宝镜升③，云间仙籁寂无声④。

平分秋色一轮满⑤，长伴云衢千里明⑥。

狡兔空从弦外落⑦，妖蟆休向眼前生⑧。

灵槎拟约同携手⑨，更待银河彻底清。

【注释】

①这首诗吟咏中秋月夜，着重描写的又是那轮明月。诗描绘了中秋千里月明、碧空澄澈、万籁无声的景象，运用神话传说，表现了要以天下为己任的思想感情和除恶务尽的决心。

②李朴（1063—1127）：宋哲宗绍圣元年进士，任国子监教授，高宗时，任秘书监。有才名，善诗歌。有《章贡集》。

③皓魄：月亮。魄，古人称月光初生或将灭时的微光。宝镜：指月圆如镜。

④仙籁（lài）：天上的声音。此指风声。

⑤平分秋色：古代以农历七、八、九三月为秋季，八月十五正值秋季之半，所以说平分秋色。也可理解为月与大地平分它的光亮。

⑥云衢（qú）：云海中月亮运行的轨迹。衢，四通八达的道路。

⑦狡兔：传说月中捣药的白兔，据说它可以使月亮生光。弦：指月有上弦、下弦之称，这里指月亮的边缘。

⑧妖蟆：传说中的月里蟾蜍，能食月，使月亮产生圆缺变化。

⑨灵槎（chá）：仙槎。槎，木筏。传说海与天河相通，汉时有人乘槎去天河，与牛郎织女相遇。拟约：打算邀请。

九日蓝田崔氏庄①

杜甫

老去悲秋强自宽②，兴来今日尽君欢③。
羞将短发还吹帽④，笑倩旁人为正冠⑤。
蓝水远从千涧落⑥，玉山高并两峰寒⑦。
明年此会知谁健，醉把茱萸仔细看⑧。

【注释】

①这首诗大约作于乾元元年（758）九月九日。当时，杜甫因上疏为房琯开脱而被贬华州司功参军，在华州受崔氏邀请，在蓝田的崔氏庄上小住。诗以乐景写哀情，以壮语写悲情，展示了诗人强作欢颜的情形，抒发了诗人迟暮之心、悲秋之感和宦海浮沉之悲。九日：九月九日，重阳节。蓝田：县名，在今陕西西安市东南。

②宽：宽慰。

③兴：兴致。尽君欢：尽情与你欢乐。君：指主人崔氏。

④羞将短发：因为头发短而不好意思。吹帽：典出《晋书·孟嘉传》。重阳节时，东晋大将桓温在龙山宴集同僚官佐属吏，参军孟嘉酒酣之中帽子被风吹落而不自知，桓温命孙盛写文章嘲笑他，而孟嘉神情自若，一时传为美谈。

⑤倩：请求，央求。正冠：把帽子端正。

⑥蓝水：河名。在蓝田县东。

⑦玉山：蓝田山，因盛产玉，又称玉山。蓝田山与华山很近，所以说"高并两峰"。

⑧茱萸（zhū yú）：一种植物，又名越椒，有浓烈香味。旧时风俗，每逢重阳节佩茱萸、饮菊花茶，据说可以消灾灭祸，延年益寿。

秋思^①

陆游

利欲驱人万火牛^②，江湖浪迹一沙鸥。
日长似岁闲方觉^③，事大如天醉亦休。
砧杵敲残深巷月， 井梧摇落故园秋^④。
欲舒老眼无高处^⑤，安得元龙百尺楼^⑥。

【注释】

①这首诗是诗人的秋日所感。诗人以沙鸥自喻，表现了自己的落落寡合，既痛恨世人为利欲所驱使，又不满于自己的闲适，抒发了报国无门的痛苦。

②火牛：战国时齐国大将田单将几千头牛角上缚刀、尾上点火，组成"火牛阵"，打败了燕军。这里用这个典故。

③日长似岁：度日如年。方：才会，才能。觉：觉察，意识到。

④"砧杵"以下两句：写深巷月光下砧杵声不停，给人一种凄惨的感觉，下句写看到桐树叶子飘落，心里不由自主地产生思乡的愁绪。摇落，凋残，零落。

⑤舒：舒展。

⑥元龙百尺楼：汉末人陈登字元龙，他瞧不起来访的名士许汜，让许汜睡矮床而自己睡高床。后来许汜向刘备说这事，刘备说像你这种见面只懂说些买田买房事的人，让我碰见，我将自己睡在百尺高楼上而让你睡地下。

南邻①

杜甫

锦里先生乌角巾②，园收芋栗未全贫③。
惯看宾客儿童喜，　得食阶除鸟雀驯④。
秋水才深四五尺，　野航恰受两三人⑤。
白沙翠竹江村暮，　相送柴门月色新。

【注释】

①又题作《与朱山人》，约作于唐肃宗上元三年（762）。当时杜甫居住在成都浣花草堂，南邻有朱山人朱希真。诗前半首为山庄访隐，用幽静的环境衬托出朱山人与世无争的美好品德，后半首山人月夜相送的场景则显示了隐居生活的纯朴自然。

②锦里：即锦官城，在现在成都南部一带。乌角巾：一种隐士常戴的黑色头巾。

③芋栗：芋头和栗子。未全贫：不算是很贫困，暗指朱希真安贫乐道。

④阶除：屋前的台阶。驯：驯服。

⑤野航：乡村水道里航行的船只。受：承受，容纳。

闻笛①

赵嘏

谁家吹笛画楼中②，断续声随断续风③。
响遏行云横碧落④，清和冷月到帘栊⑤。
兴来三弄有桓子⑥，赋就一篇怀马融⑦。
曲罢不知人在否， 余音嘹亮尚飘空。

【注释】

①诗中用拟人、夸张、通感、典故等多种手法生动形象地描绘
出听笛的音乐感受，赞扬吹笛人技艺高超。

②画楼：装饰精美、饰有彩画的楼阁。

③断续：断断续续的。

④响遏（è）行云：《列子》载，古代歌手秦青唱起歌来歌声
把天上的流云都阻住不动了。这里用这个典故。碧落：最高
的天。

⑤清和冷月：清冷柔和的月色。

⑥三弄：三支曲子。弄，乐曲称作弄。桓子：指东晋桓伊，善
音乐。据《世说新语·任诞》载，王徽之听说桓伊善吹笛，
而不相识。一日于途中相遇，就请为他吹笛。桓伊就下车，
据胡床，为之做三调，吹毕上车而去。两人不作一言。相传
《梅花三弄》就是依据他的"三调"改编的。

⑦马融：东汉人，字季长，才学博洽，善鼓琴，好吹笛，著有
《长笛赋》。

冬景①

刘克庄

晴窗早觉爱朝曦②，竹外秋声渐作威。

命仆安排新暖阁③，呼童熨贴旧寒衣。

叶浮嫩绿酒初熟④，橙初香黄蟹正肥。

蓉菊满园皆可羡⑤，赏心从此莫相违。

【注释】

①又题作《晚秋》，吟咏的是晚秋初冬的景物。诗人用白描的手法描绘晚秋早冬景象，在毫无萧瑟的景致中表现了诗人的达观自适、随物化迁的思想感情。

②朝曦：早晨的阳光。

③暖阁：设炉取暖的小房间，与大屋隔开而又相连通。

④叶：这里指茶叶。

⑤蓉菊：木芙蓉、菊花。可羡：可爱，值得玩赏。

小至①

杜甫

天时人事日相催②，冬至阳生春又来③。
刺绣五纹添弱线④，吹葭六管动飞灰⑤。
岸容待腊将舒柳⑥，山意冲寒欲放梅⑦。
云物不殊乡国异⑧，教儿且覆掌中杯⑨。

【注释】

①这首诗作于唐代宗大历元年（766），当时杜甫流寓夔州。诗中描写冬至阳生春将来的种种情形，表现了诗人因节令变化而产生的喜悦和对美好前景的憧憬。小至：又称小冬日，冬至前一天。

②天时人事：自然界的时序与人世间的事情。

③阳生：冬至又称为"一阳生"，意思是从这天起阳气开始占上风。

④五纹：五色丝线。冬至后白天变长，刺绣的姑娘可以多干些活多用些丝线，所以说"添弱线"。

⑤吹葭六管：古人将乐器中的六律、六吕十二调与一年的十二个月对应，用芦苇膜烧灰放在律管上，每到相应的节气灰即飘动，用这个来测知节气。葭：芦苇。

⑥岸容：河边的物色。腊：腊月。舒柳：柳树将发新芽，舒展枝条。

⑦山意：山的意态。冲寒：迎着寒气，冲破寒气。

⑧云物：景物。不殊：没有两样。乡国：故乡。

⑨覆：倾，倒。

山园小梅①

林逋②

众芳摇落独暄妍③，占尽风情向小园。

疏影横斜水清浅， 暗香浮动月黄昏④。

霜禽欲下先偷眼⑤，粉蝶如知合断魂⑥。

幸有微吟可相狎⑦，不须檀板共金樽⑧。

【注释】

①在古代咏梅诗篇中，以这首诗最为著名。诗从多方面写梅花神韵。首联写梅花凌寒独放，风光无限；颔联写其疏朗俊健之形与香气袭人；颈联用禽鸟作衬托；尾联写吟赏之乐，表达诗人愿与梅花化而为一的生活旨趣和精神追求。

②林逋（967—1028）：北宋诗人。早年浪游江淮，后归隐西湖孤山，种梅养鹤，有"梅妻鹤子"之称。

③摇落：被风吹落。暄妍：原指天气和暖，景物明媚，这里形容梅花鲜艳夺目。

④"疏影"以下两句：是林逋化用五代南唐诗人江为"竹影横斜水清浅，桂香浮动月黄昏"而来，由原作咏竹、咏桂转而吟咏梅花神韵，从此"暗香疏影"就成为梅的代名词。疏影：梅花疏朗的影子。暗香：幽香，清香。黄昏：形容月色朦胧。

⑤霜禽：寒雀。偷眼：偷看。

⑥合：应当，应该。断魂：痴痴呆呆，丧魂落魄的样子。

⑦微吟：轻声念新作的诗。狎（xiá）：亲近。

⑧檀板：演奏音乐用的檀木拍板，这里借指音乐。共：与。金樽：珍贵的酒杯，这里借指美酒。

左迁至蓝关示侄孙湘①

韩愈

一封朝奏九重天②，夕贬潮阳路八千③。

欲为圣明除弊事④，肯将衰朽惜残年⑤。

云横秦岭家何在？雪拥蓝关马不前。

知汝远来应有意⑥，好收吾骨瘴江边⑦。

【注释】

①又题作《左迁至蓝关示侄孙湘》，作于唐宪宗元和十四年
(819)。当年正月，宪宗派人到凤翔（今陕西境内）法门寺迎
接佛骨入宫供养，韩愈上《论佛骨表》劝谏，触怒宪宗，被
贬为潮州（今广东潮阳一带）刺史。当他到达离京师不远的
蓝田县时，他的侄孙韩湘赶来同行。这首诗便作于此时。诗
写出被贬官的原因地点、获罪之速、获罪之重，委婉地写出
诗人一心为国却遭贬谪的愤激，表达了为国除弊的决心。左
迁：古人以右为尊，以左为卑，所以降职称为左迁。蓝关：
蓝田关，在今陕西省蓝田县南。

②封：奏章，呈给皇帝的意见书，即《论佛骨表》。奏：向皇
帝上书。九重天：这里指皇帝。

③贬：贬官。潮阳：即潮州，今广东省潮阳市。八千：长安到
潮州的估计距离，是说路途遥远。

④圣明：朝廷。弊事：一作"弊政"，有害的事。

⑤肯：一作"敢"，岂敢，岂肯。衰朽：体弱年迈。惜残年：
爱惜残余的岁月，当时韩愈已五十二岁。

⑥汝：你，指韩湘。

⑦瘴（zhàng）江：泛指岭南河流，当时岭南多瘴疠之气，所
以称瘴江。

干戈①

王中②

干戈未定欲何之③，一事无成两鬓丝④。
踪迹大纲王粲传⑤，情怀小样杜陵诗⑥。
鹡鸰音断人千里⑦，乌鹊巢寒月一枝⑧。
安得中山千日酒⑨，酩然直到太平时⑩。

【注释】

①诗人生逢宋末乱世，以王粲和杜甫自比，运用曹操"乌雀南飞"的典故，抒发了身世凄凉、郁郁不得志、在社会中无所依托等复杂的愁绪以及对太平盛世的向往。

②王中：字积翁，南宋诗人。生平不详。

③欲何之：想要到哪里去。之，去，往，到。

④两鬓丝：两个鬓角上长满了白发。

⑤大纲：大致。王粲传：王粲的生平。王粲是三国时的知名文人，生逢乱世，一生困苦。

⑥小样：略似。杜陵：杜甫，杜甫常自称杜陵野老、杜陵布衣、少陵野老，后人称之为杜陵或杜少陵。杜诗多感时伤事、忧国忧民之作。

⑦鹡鸰（jí líng）：本是鸟名，据说这种鸟十分友爱，一遇危难同类便飞鸣相救，《诗经》中曾用它来比喻兄弟，后来就用来作兄弟的代称。

⑧乌鹊：化用曹操《短歌行》："月明星稀，乌鹊南飞。绕树三匝，何枝可依？"说自己漂泊不定。

⑨中山千日酒：《博物志》等书上说中山地方有人能酿一种好酒，人喝了要醉一千天才醒。

⑩酩（mǐng）然：大醉的样子。

归隐①

陈抟②

十年踪迹走红尘， 回首青山入梦频。
紫绶纵荣争及睡③，朱门虽富不如贫④。
愁闻剑戟扶危主⑤，闷听笙歌聒醉人⑥。
携取旧书归旧隐⑦，野花啼鸟一般春。

【注释】

①相传诗人在后唐兴中（930—933）年间应进士举，不中，豁然醒悟，放弃出仕之念而归隐华山，故作此诗明志。诗人用对比的手法，写出对官场生活、笙歌醉舞，以及功名富贵的厌倦，表达了他对隐居生活的向往。

②陈抟：字图南，亳州真源（今河南鹿邑县）人，五代宋初的著名隐士。因举进士不第，遂不求禄仕，以山水为乐，自号扶摇子。有《指玄篇》《三峰寓言》《高阳集》及《钓潭集》。

③紫绶：系印的紫色绶带。只有官阶高的人才用紫色，这里泛指高官厚禄。纵荣：纵然荣耀。争及：怎及。

④朱门：古代王侯权贵的大门常漆成红色，所以朱门也就成了豪贵之家的代称。

⑤扶危主：辅佐拯救危难中的君主。

⑥闷听：厌烦听，不喜听。聒（guō）：吵闹，喧扰。

⑦旧隐：以前的隐居地。

山中寡妇[①]

杜荀鹤[②]

夫因兵死守蓬茅[③]，麻苎衣衫鬓发焦[④]。
桑柘废来犹纳税[⑤]，田园荒尽尚征苗[⑥]。
时挑野菜和根煮，　旋斫生柴带叶烧[⑦]。
任是深山更深处，　也应无计避征徭[⑧]。

【注释】

①又题作《时世行赠田妇》。诗通过描写一位居住在大山深处的寡妇饱受战乱赋役之苦的情景，反映了唐末战乱频仍、赋税沉重、民生凋敝的社会现实，表现了诗人对民生的关心。

②杜荀鹤（846—904）：字彦之，号九华山人，池州石棣（今安徽石台）人，晚唐诗人。卒前五日方被授翰林学士、主客员外郎。一生以诗为业，爱苦吟，有《唐风集》三卷，今存诗三百多首。

③蓬茅：简陋的茅草房。

④麻苎（zhù）：粗麻布。焦：焦黄。

⑤柘（zhè）：一种树，叶子可喂蚕。废来：荒废。

⑥征苗：征青苗税，唐中叶以后田赋的一种附加税，在粮食成熟前征收。

⑦旋：不久。斫（zhuó）：砍。

⑧征徭：赋税和徭役。

送天师①

朱权②

霜落芝城柳影疏③，殷勤送客出鄱湖④。
黄金甲锁雷霆印⑤，红锦韬缠日月符⑥。
天上晓行骑只鹤， 人间夜宿解双凫⑦。
匆匆归到神仙府， 为问蟠桃熟也无。

【注释】

①朱权笃好神仙之说，与龙虎山道士往来甚密。这首诗就是他在波阳送龙虎山张天师时所作的。诗中通过描写天师府印及其佩饰，并运用神话传说盛赞天师的尊贵身份和法力不凡，表现了诗人对道教的推崇。天师：对道士的尊称，这里指元末明初张正常。张正常，字仲纪，汉张道陵四十二世孙，元时赐号天师，明太祖朱元璋攻下南昌，他曾派人去拜贺。不久又两次入朝。1368年，朱元璋即位，改授正一嗣教真人，赐银印。

②朱权（1378—1448）：明初戏曲大家。

③芝城：指今江西鄱阳。城北有芝山。

④鄱湖：鄱阳湖，著名大湖，在江西北部。

⑤雷霆印：指天师的法印。恭维那印有雷霆般的大法力。

⑥韬：套子，袋子。日月符：指天师用作驱鬼召神的符咒，即画在纸上的一些符号图形。恭维那符如日月般放光。

⑦双凫：两只野鸭。两只仙鞋。汉代人王乔有仙术，去京城总是把两只鞋子变成两只野鸭驮着他飞去。用此典故，意思是天师法力广大，总像王乔那样飞空而行。

送毛伯温①

朱厚熜②

大将南征胆气豪③，腰横秋水雁翎刀④。
风吹鼍鼓山河动⑤，电闪旌旗日月高。
天上麒麟原有种⑥，穴中蝼蚁岂能逃⑦。
太平待诏归来日，　朕与先生解战袍。

【注释】

①明朝嘉靖年间，朝廷派毛伯温率军征讨安南（今越南，当时是中国的附庸国），皇帝朱厚熜写这首诗为毛伯温送行。诗中描绘出毛伯温的英雄气概，以及王师的声威浩荡，用麒麟和蝼蚁作比喻，形象地写出出师必胜的信心。毛伯温：字汝厉，明代吉水（今江西吉水县）人，当时从总督任上调任兵部尚书。

②朱厚熜（1507—1566）：即明世宗，世称嘉靖皇帝，明朝第十二个皇帝，在位三十余年。朱厚熜迷信道教，祈求长生不老，竟长期不视朝政，由严嵩执掌大权，政治腐败，使国势日趋没落，政治和经济都出现深重危机。

③大将：指毛伯温。南征：嘉靖十八年（1539），毛伯温率兵征讨安南，次年进驻南宁，兵不血刃而安南平定。

④秋水：形容宝刀如秋水般明亮。雁翎刀：形似雁翎的刀。

⑤鼍（tuó）鼓：鼍皮制成的鼓。鼍，指扬子鳄。

⑥麒麟：古代传说中的一种瑞兽，这里指安南王族。

⑦蝼蚁：安南叛军莫登庸部。

五言绝句

春晓①

孟浩然②

春眠不觉晓③，处处闻啼鸟。
夜来风雨声， 花落知多少。

【注释】

①这首诗是诗人隐居在鹿门山时所作，意境优美，是千古流传的名篇。诗中以清新的语言描写了春眠醒后对昨夜花事的关心，表达了诗人喜爱春天、怜惜春天的感情。

②孟浩然（689—740）：襄州襄阳（今湖北襄樊）人，世称孟襄阳。盛唐著名诗人。前半生主要居家侍亲读书，以诗书自适。曾隐居鹿门山。四十岁游京师，应进士不第，返襄阳。诗歌以五言诗为主，多写山水田园和隐逸、行旅等内容，冲淡自然，继陶渊明、谢灵运、谢朓之后，开盛唐田园山水诗派之先声。有《孟浩然集》。

③眠：睡觉。不觉晓：不知不觉天亮了。

访袁拾遗不遇^①

孟浩然

洛阳访才子， 江岭作流人^②。
闻说梅花早^③，何如此地春。

【注释】

①又题作《洛中访袁拾遗不遇》。诗中通过描写富有才华的友人被贬南岭，含蓄而曲折地讽刺、批评了时政，流露出对友人的关心、怀念以及对其遭遇的痛惜。袁拾遗：袁瓘，洛阳人，诗人好友，曾任拾遗。

②江岭：指大庾岭，在今江西大余县和广东南雄县交界处。流人：犯罪被流放的人。

③梅花早：据说大庾岭北面梅花迟开，南面梅花早开。

送郭司仓①

王昌龄②

映门淮水绿， 留骑主人心③。
明月随良掾④，春潮夜夜深。

【注释】

①这是一首送别小诗。诗写春日送别友人，以淮水春潮为喻，委婉含蓄地抒发了对友人远行的依依不舍之情与无限思念。司仓：管理仓库的小官。郭司仓：此人生平不详。

②王昌龄（694—756）：字少伯，京兆（今陕西西安）人，盛唐著名诗人。开元进士及第，授汜水县尉。后被贬岭南，数年后贬为龙标县尉。安史乱起，由贬所赴江宁，途经濠州，被刺史闾丘晓所杀。世称"王江宁"或"王龙标"。有《王昌龄诗集》。

③留骑：留客的意思。骑，坐骑。

④良掾（yuàn）：好官，指部司仓。掾，古代府、州、县属官的通称。

洛阳道^①

储光羲^②

大道直如发， 春日佳气多^③。
五陵贵公子^④，双双鸣玉珂^⑤。

【注释】

①本诗是作者《洛阳道五首献吕四郎中》组诗中的第三首，描写唐代都城洛阳春游的盛况。诗铺陈直叙，用白描手法传神地写出了京城贵游公子春日游赏的骄奢，流露出诗人的讽刺与愤激之情。洛阳道：汉横吹十八曲之一。

②储光羲（707—760）：润州延陵（今江苏丹阳）人，一说祖籍兖州（今属山东）。唐代诗人。开元进士，天宝中官至监察御史。安史乱起，叛军攻陷长安，他被迫受伪职，乱平后，贬死岭南。储光羲的诗以描写田园山水而著名，风格朴实细腻。《全唐诗》存诗四卷。

③佳气：温和晴暖的天气。

④五陵：长安附近，因汉代高祖、惠帝、景帝、武帝、昭帝五帝王葬于此，故名，附近多权贵所居。

⑤玉珂（kē）：马络头上的装饰物，多为玉制，也有用贝制的，走时会相碰发声。

独坐敬亭山①

李白

众鸟高飞尽， 孤云独去闲②。
相看两不厌③，只有敬亭山④。

【注释】

①这首诗作于唐玄宗天宝十二年（753）秋。当时，李白因对朝政极度失望，预感到将有动乱，遂离开长安，秋至宣城，第二次漫游宣城。诗将敬亭山人格化，写山与人的默默交流，寄托了诗人超脱现实追求内心平静的愿望，含蓄地表达了对社会现实的不满。敬亭山：一名昭亭山，在今安徽省宣城北，东临皖溪，山顶有敬亭，为南齐谢朓吟咏处。

②闲：悠闲自在。

③两不厌：山与诗人互不厌烦，情意相随，是拟人的手法。

④只有：一作"唯有"。

登鹳雀楼①

王之涣②

白日依山尽， 黄河入海流。
欲穷千里目③，更上一层楼。

【注释】

①这是一首著名观景咏怀诗，后两句更是千古传诵的名句。诗中描写登鹳雀楼的见闻感受，描绘了祖国壮丽山河，表现出诗人开阔的胸襟和积极进取的精神。鹳雀楼：旧址今山西永济浦州镇，楼有三层，面对中条山，下临黄河，是唐代河中府名胜，因常有鹳雀栖息其上，故名。

②王之涣（688—742）：字季陵，并州晋阳（今山西太原）人。盛唐著名诗人。始任冀州衡水主簿，受人诬告，弃官还乡。晚年任文安县尉，卒于任上。少有侠气，豪放不羁，常击剑悲歌，其诗多被当时乐工制曲歌唱，名动一时。诗以描绘边塞风光著称。存诗仅六首，但艺术成就很高。

③穷：穷尽。千里：很远的地方。

观永乐公主入蕃①

孙逖②

边地莺花少③，年来未觉新。
美人天上落， 龙塞始应春④。

【注释】

①又题作《同洛阳李少府观永乐公主入蕃》。唐玄宗开元五年（717年），契丹王李失活到长安朝贡，玄宗为笼络李失活，特封东平王的外孙女杨氏为永乐公主，嫁给李失活。这诗就是写这件事。诗用对比手法，写永乐公主到蕃地如同仙女降临，会带去无限生机，显示永乐公主的尊贵和人们的钦慕。永乐公主：唐玄宗时东平王的外孙女杨氏，开元五年（717）被封为永乐公主。蕃：古代称少数民族为蕃，此指契丹。

②孙逖（？—761）：博州武水（今山东临清县附近）人，唐代诗人。幼而英俊，文思敏速。开元十年（722），应制登文藻宏丽科，拜左拾遗、考功员外郎、集贤修撰、权判刑部侍郎等职。尤善思，文理精练。

③莺花：莺啼花放，泛指春天景色。

④龙塞：卢龙塞，在今河北卢龙县。这里借指契丹边地。

春怨①

金昌绪②

打起黄莺儿， 莫教枝上啼。

啼时惊妾梦③，不得到辽西④。

【注释】

①又题作《伊州歌》，是一首春闺望夫诗。以闺中少妇的口吻，描画其思念远在辽西的丈夫，渴望与其相会梦中的情景。诗通过写思妇追打啼鸟的痴憨，含蓄而淋漓尽致地表达出她对远戍边地的丈夫的深切思念。

②金昌绪：唐代诗人，今浙江杭州市人，余不详，《全唐诗》存其诗一首。一说作者为盖嘉运。

③妾：谦辞，古代女子自称。

④辽西：辽河以西的地方，仅辽宁省中西部，是诗中思妇思念者滞留之地。

左掖梨花^①

丘为^②

冷艳全欺雪^③，余香乍入衣^④。

春风且莫定， 吹向玉阶飞^⑤。

【注释】

①这是一首托物言志的诗。诗人以花喻人，写梨花的冷艳洁白，比喻自己品行高洁，同时也表达了希望自己政治上一帆风顺的美好愿望。左掖（yè）：唐代称门下省、中书省为左掖、右掖，两者都是当时的中央政权机构，设在禁宫附近。

②丘为：生卒年不详。嘉兴人。中唐天宝二年（743）进士，累官太子右庶子。与刘长卿善，也与王维为友。诗工五言，所写大多咏田园风物，为盛唐山水田园诗派的作者之一。著有《丘为集》，现存诗十八首。

③欺：压服，超过。

④乍：刚。入衣：指香气浸透衣服。

⑤玉阶：原指玉石砌成的台阶，这里暗指皇宫。

思君恩①
令狐楚②

小苑莺歌歇③，长门蝶舞多④。
眼看春又去，　翠辇不曾过⑤。

【注释】

①这是一首宫怨诗。通过描写宫妃望幸的失意，表现了宫女希望君王驾临的迫切心情，以及与久盼不至的幽怨之叹。君：帝王。

②令狐楚（766—837）：字壳士，宜州华原（今陕西咸阳附近）人。贞元七年（791）进士及第。才思俊丽，能文工诗，以四六文为世所称，李商隐的骈文即其所授。晚年与刘禹锡、白居易唱和较多。《全唐诗》收其诗五十多首。

③小苑：宫中小园林。歇：停止。

④长门：汉代宫名。汉武帝的皇后陈阿娇失宠后被赶到长门宫居住，所以后来常用"长门"来指失宠宫人的住处。

⑤翠辇（niǎn）：皇帝的车驾，因车上常有翠鸟的羽毛作装饰，故称。过：经过。

题袁氏别业①

贺知章②

主人不相识③，偶坐为林泉④。
莫谩愁沽酒⑤，囊中自有钱。

【注释】

①题又作《偶游主人园》。这首记游诗通过描写诗人为林泉而
访问不相识的别业主人，表现了主客双方高雅的情趣，反映
了诗人豪爽旷达的情怀。别业：别墅。

②贺知章（659—744）：字季真，晚号四明狂客。会稽永兴
（今浙江萧山）人。性放旷，善谈笑，当时贤达皆倾慕之。与
张旭、包融、张若虚并称"吴中四士"。善草隶书。诗又以绝
句见长，尤其写景、抒怀之作风格隽秀、清新晓畅。《全唐
诗》录其十九首。

③主人：别墅主人。

④偶坐：偶然游览。林泉：山林与泉石，指景物幽深的地方，
也用来指退隐。

⑤谩（màn）：通"漫"，沽（gū）：买。

夜送赵纵①

杨炯②

赵氏连城璧③，由来天下传。
送君还旧府④，明月满前川。

【注释】

①这首赠别诗用和氏璧作喻，恰当贴切地称赞赵纵富于才学，品质高洁，前途无可限量，抒发了依依惜别之情。赵纵：诗人友人，赵（今河北一带）人。

②杨炯（650—692）：陕西华阴人，初唐著名诗人，与王勃、卢照邻、骆宾王并称"初唐四杰"。十岁举神童，上元三午（676）应制举及第，授校书郎。后任盈川县令，吏治以严酷见称，死于任所，世称"杨盈川"。有《盈川集》。

③连城璧：战国时赵国有一块美玉即有名的"和氏璧"，秦国说愿用十五座城交换这块玉璧，所以称为"连城璧"。

④旧府：故乡旧居。

竹里馆①

王维

独坐幽篁里②，弹琴复长啸。

深林人不知， 明月来相照。

【注释】

①王维晚年隐居蓝田辋川，作《辋川集》，这是其中一首。诗中用白描手法，描绘出一个空明澄净、清幽绝俗的境界，抒发了诗人闲适自得、了无杂念的情愫。竹里馆：王维建在辋川的别馆。

②幽篁（huáng）：幽深的竹林。篁，竹林。

送朱大入秦^①

孟浩然

游人五陵去^②，宝剑直千金。
分手脱相赠^③，平生一片心。

【注释】

①这是一首送别小诗。诗人借用了战国时期吴季札以宝剑相赠友人的典故，表达了对友人的期许、勉励，并抒发了自己仕途的失意。朱大：诗人友人，大，指排行老大。生平事迹不详。

②游人：朱大。五陵：长安附近，当时豪侠多在此居住。

③分手：分别。脱：摘下（宝剑）。

长干行①

崔颢

君家何处住，妾住在横塘②。

停船暂借问，或恐是同乡。

【注释】

①又题作《长干曲》，为乐府杂曲歌辞名。此诗是作者《长干曲四首》中的第一首。诗中用白描的手法，以对话的形式写出江上女子主动结识一陌生男子的大胆与天真。一说是女子遇到同乡的羞涩与娇憨。长干：即长干里，古巷名，在今江苏南京秦淮河南，古时送别之地。

②横塘：地名，在秦淮河南岸，靠近长干里。

咏史^①

高适^②

尚有绨袍赠^③，应怜范叔寒^④。
不知天下士^⑤，犹作布衣看^⑥。

【注释】

①此诗作于安史之乱前，也是诗人郁郁不得志的时期。这首诗借史咏怀，托古喻今，鞭挞了须贾的平庸，赞颂了范雎的美德，抒发自己郁郁不得志的苦闷。咏史：用诗写史、抒情。

②高适（702—762）：字达夫，郡望渤海（今属河北），盛唐著名诗人，与李白、杜甫友善。年少蹉跎，后平步青云。他做诗题材广泛，感情深挚，笔力浑厚，是盛唐边塞诗风的杰出代表，与岑参齐名。有《高常侍集》。

③绨（tí）袍：粗绨作的袍子。绨，丝织品。

④范叔：范雎，字叔。据《史记·范雎蔡泽列传》载，范雎曾是战国时期魏国中大夫须贾的门客。须贾在魏王面前毁谤他，他遭受毒打，险些丧命，幸而被人救出，化名张禄，逃往秦国，不久为相。后秦欲伐魏，须贾奉命使秦止兵，范雎穿着破衣求见。须贾见他如此贫寒，就送他一件绨袍。当他知道范雎就是秦相张禄时，立即前往谢罪。范雎因为绨袍之事，便没有杀他。

⑤天下士：这里指杰出人才。士，古代读书人的通称。

⑥布衣：平民百姓。

罢 相 作①

李适之②

避贤初罢相③，乐圣且衔杯④。
为问门前客⑤，今朝几个来。

【注释】

①天宝元年诗人为左丞相，后遭李林甫陷害罢相。诗即咏其事。诗用反语、双关、对比的修辞方法，写出心中的不平、世态炎凉和对趋炎附势者的鄙视。罢相作：罢免丞相职位后所作的诗歌。

②李适之（？—747）：一名昌，李唐宗室，天宝年间曾任左丞相，后受李林甫排挤而罢相，不久自杀。李适之酒量极大，与贺知章、李琎、崔宗之、苏晋、李白、张旭、焦遂等并称"饮中八仙"。

③避贤：让贤，让位于李林甫，是讽刺的手法。

④乐圣：爱酒。《三国志·魏志·徐邈传》载，当时魏国禁酒，徐邈私饮，不理政事，称酒醉为"中圣人"，清酒为"圣人"，浊酒为"贤人"。衔杯：置酒杯于唇间，指饮酒。

⑤为问：询问。门前客：以前任丞相时登门拜访的宾客。《唐诗纪事》卷二十载，诗人任丞相时，每上朝回来，就邀请亲朋好友宴饮赋诗。

逢侠者①

钱起

燕赵悲歌士②，相逢剧孟家③。
寸心言不尽④，前路日将斜。

【注释】

①这是一首因路遇侠者而写的赠别诗。诗人借用典故描写在洛阳与一侠客相逢，一见倾心又匆匆作别的过程。抒发了依依惜别的友情，流露了对豪侠生活的向往。侠者：侠客。

②燕赵：战国时两个诸侯国，在现在的河北、山西一带。悲歌士：激昂慷慨的侠士。古人认为燕赵多出豪侠，有"燕赵多慷慨悲歌之士"的说法。

③剧孟：西汉著名侠士，洛阳人。

④寸心：因心位于胸中方寸之地，故称。

江行无题①

钱珝②

咫尺愁风雨③，匡庐不可登④。
只疑云雾窟⑤，犹有六朝僧⑥。

【注释】

①这是诗人所作《江行无题一百首》中的第六十九首，旧题
为钱选所作，据《唐音统签》改正。诗紧扣"望"字，写庐
山可望而不可即的怅惘，抒发了久经战乱的诗人对方外生活
的向往。

②钱珝：生卒年不详。字瑞文，吏部尚书钱徽之子，钱起曾
孙。善文词。宰相王溥荐知制诰，进中书舍人，后贬抚州司
马。有《舟中录》二十卷。

③咫（zhǐ）尺：比喻很近。咫，古代称八寸为一咫。

④匡庐：庐山，在今江西省九江市南边。

⑤云雾窟：云雾笼罩的山顶小屋。

⑥六朝：指公元 222—589 年间，建都于建康（今江苏南京）
的东吴、东晋、宋、齐、梁、陈六个朝代。六朝时佛教盛行，
僧人多在名山胜水处居住。

答 李 浣①

韦应物

林中观易罢②，溪上对鸥闲。
楚俗饶辞客③，何人最往还？

【注释】

①这是一首赠答诗。唐代宗大历初（766—771），韦应物的朋
友李浣在楚地为官任满返回，曾写诗赠韦应物，所以韦应物
写此诗酬答。诗中通过描写自己的生活和对友人的问讯，表
现了内心的闲适，抒发了自己的高雅志趣和对友人的关切之
情。李浣：诗人朋友。

②易：《周易》，又称《易》《易经》，儒家经典著作之一。

③楚：春秋战国时期诸侯国名，在今湖北一带。饶：多。辞
客：诗人。

秋 风 引①

刘禹锡

何处秋风至，　萧萧送雁群②。
朝来入庭树③，孤客最先闻。

【注释】

①"秋风引"是乐府琴曲歌词的一种。唐顺宗永贞元年
（805）十一月，刘禹锡贬官郎州司马，赴郎州。此诗便作于
此期间。诗中描写了游子对秋季时序变迁、物候变化的敏感、
细微的内心感触，抒发了诗人的羁旅之思。

②萧萧：风吹草木声。

③入庭树：吹动了庭院里的树木。

秋夜寄丘二十二员外^①

韦应物

怀君属秋夜^②，散步咏凉天。
空山松子落， 幽人应未眠^③。

【注释】

①又题作《秋夜寄邱二十二员外》。这是一首怀人诗，作于唐德宗贞元五年（789）至贞元七年（791）。韦应物时任苏州刺史，丘丹正隐居临平山，两人多有唱和。一说作于唐德宗贞元五年秋（789）。诗写秋夜怀念隐居的游人，设想友人也在深夜思念自己，抒发了对游人的真挚、深切的感情。丘员外：即丘丹，诗人丘为的弟弟，在家族中排行二十二，曾官居仓部员外郎，故有丘二十二员外之称。

②怀君：怀念您。属：正当。

③幽人：隐士，此处指丘丹。

秋日^①

耿沣^②

返照入闾巷^③，忧来谁共语。
古道少人行，　秋风动禾黍^④。

【注释】

①此诗通过截取秋天傍晚的见闻，描绘了秋日城乡荒凉衰败的景象，表现了诗人的孤独寂寞，抒发了悯时伤乱的感情。

②耿沣（wéi）：生卒年不详。字洪源，河东（今山西永济）人。登宝应元年（763）进士第，历任大理寺司法、左拾遗。工诗，与钱起、卢纶、司空曙诸人齐名，为"大历十才子"之一。耿沣诗不事雕琢，而风格自成一家。有《耿沣诗集》。

③返照：夕阳余晖，落日斜照。闾（lǘ）巷：街道，街巷。

④禾黍：泛指庄稼。

秋日湖上^①

薛莹^②

落日五湖游^③，烟波处处愁。
浮沉千古事^④，谁与问东流。

【注释】

①这首诗是诗人秋日泛舟太湖时，有感而作的。诗中描绘了太湖满目苍茫，诗人借此发思古之幽情，表现出对世事无常的厌倦，对日益衰败的唐帝国的伤感。

②薛莹：唐文宗时人，生平不详。有《洞庭诗集》一卷。今存诗十首。

③五湖：这里指太湖。

④浮沉：胜败兴亡。太湖一带是战国时期吴越争霸的地方，后又有六朝争雄。

宫中题^①

李昂^②

辇路生春草^③，上林花满枝^④。
凭高何限意，无复侍臣知。

【注释】

①唐文宗李昂即位后，力图改变当时宦官专权的局面，在太和九年（835）与翰林学士李训、太仆卿郑注谋诛宦官，事败，李、郑、宰相王涯被诛，史称"甘露之变"。此后宦官更加专权跋扈，文宗心中异常苦闷，这首诗便是这种心境的写照。诗歌以平淡朴素的语言，抒发诗人沉重而忧郁的情愫，反映了一位有所作为而惨遭囚禁的年轻君王的沮丧与无奈。

②李昂（809—840）：唐文宗，为穆宗第二子，初名涵。始封江王，宝历二年（826）被宦官拥立为帝。开成五年（840），被宦官杀死在大明宫太和殿，时年三十三岁。好作五言诗，古调清峻，常欲置诗博士。又曾经与宰相论诗之工拙。今存诗七首。

③辇（niǎn）路：辇道，宫中专供帝王车驾行走的道路。

④上林：古代宫苑，秦定都咸阳时置，汉初荒废，汉武帝时扩建，周围二百多里。这里借指唐禁内花园。

寻隐者不遇①

贾岛

松下问童子②，言师采药去。
只在此山中， 云深不知处③。

【注释】

①这是一首问答诗。诗歌用设问、反问等修辞手法和对话的形式，写出拜访隐士不遇的情形，同时描绘出隐士所在的幽深广阔的环境，衬托出隐士的高雅志趣。寻：寻访。隐者：隐居的人。不遇：没有见到。

②童子：隐者的童仆。

③云深：指山上云雾缭绕。不知处：不知何处。

汾上惊秋①

苏颋②

北风吹白云，　万里渡河汾③。
心绪逢摇落④，秋声不可闻。

【注释】

①这应是苏颋在仕途失意时所作的感怀诗。诗歌借景抒怀，情景相生，风格雄健而意境苍凉，抒发了诗人悲秋之情与羁旅之思。汾上：汾河上。汾河，又称汾水，在今山西省南部。

②苏颋（670—727）：字廷硕，京兆武功（今陕西武功县）人。武则天朝进士，袭封许国公。文章与燕国公张说齐名，并称"燕许大手笔"。

③河汾：汾河，此指汾河流入黄河的入河口。河，黄河。

④心绪：心境，心情。摇落：凋残，零落，喻指秋天。

蜀道后期^①

张说^②

客心争日月^③，来往预期程^④。

秋风不相待，　先至洛阳城。

【注释】

①诗人从蜀地返回洛阳，因意外耽搁，没能如期赶回，故作此诗。诗歌用拟人的手法，通过对秋风的委婉责备，写出游子归心似箭的心情及懊恼。后期：失期，晚于预定的时间。

②张说（667—730）：字道济，一字说之。唐代文学家。世居河东（今山西永济），后徙洛阳。武后垂拱四年（688）举贤良方正，授太子校书。睿宗时居相位。玄宗时任中书令，封燕国公。从文章著名，与苏颋并称"燕许大手笔"。有《张燕公集》。

③客心：客居者的心情。日月：指时间。

④预期程：预先设计路途所需时间。

静 夜 思^①

李白

床前明月光，疑是地上霜。
举头望明月，低头思故乡。

【注释】

①这首诗写的是在寂静的月夜思念家乡的感受。诗歌用极其简练、清浅的语言，含蓄有致地从时间、环境、氛围、人物的细微动作等方面写尽了游子思乡，意味深长，耐人寻味，被后人评为"妙绝古今"。静夜思：指在幽静的夜晚对家乡的思念。

秋 浦 歌①

李白

白发三千丈，缘愁似个长②。
不知明镜里，何处得秋霜③？

【注释】

①唐玄宗天宝三年（754），李白长安赐金遣还后漂泊于宣州，心情愁闷，作《秋浦歌》共十七首，这是第十五首。诗歌用自问自答的形式，用夸张的手法抒发了诗人壮志未酬、郁郁不得志的苦闷心情。秋浦：唐时县名，属池州，在今安徽贵池县西，境内有秋浦湖。

②缘：因为。个：这样。

③何处：何时。秋霜：秋天的白霜，这里形容头发像秋霜一样白。

赠乔侍御①

陈子昂②

汉庭荣巧宦③，云阁薄边功④。

可怜骢马使⑤，白首为谁雄⑥。

【注释】

①又题作《题祀山烽树赠乔十二侍御》。诗歌借古喻今，借汉代桓典之事，抒发了对唐朝不重视贤良、赏罚不公的不满和愤激，表达了对乔侍郎怀才不遇的深切同情。乔侍御：即诗人乔知之，时任御史，是陈子昂密友。

②陈子昂（661—702）：字伯玉，梓州射洪（今四川）人。家世富贵，少好侠。文明元年（684）进士，官麟台正字，转右拾遗，后自请解职。做诗推崇汉魏风骨，是唐朝诗风转变的关键人物之一。有《陈拾遗集》。

③汉庭：这里借指唐朝。巧宦：善于钻营的官员。

④云阁：云台、麒麟阁，是汉代悬挂名将功臣图像的地方。薄：轻视。边功：指在边塞作战有功的将士。

⑤骢（cōng）马使：东汉时，桓典为御史，有威名，常骑骢马（白毛与青毛相间的马），人称骢马御史，这里借指戍守边地的将领。

⑥为谁雄：为谁而称雄，意思是说，一片雄心无法舒展。

答武陵太守^①

王昌龄

仗剑行千里， 微躯敢一言^②。
曾为大梁客^③，不负信陵恩^④。

【注释】

①又题作《答武陵田太守》。诗人曾寄居武陵，受到武陵田太守的礼遇，在他返归金陵时，田太守为其送行，诗人以此诗回赠。诗歌将武陵田太守比作战国时代的魏公子，将自己比作魏公子门下食客，委婉地表达了自己的敬意和知恩图报的思想。武陵：五岭郡，在今湖南省常德市。

②微躯：微贱的人。作者自称。

③大梁客：战国时魏国侠士侯嬴，原来是看守大梁（魏都，今河南省开封市）东门的官吏，后受信陵君魏公子无忌的赏识，待为上宾。后秦兵围赵，赵向魏求救，魏王按兵不动，侯嬴为无忌谋划窃取兵符救赵，解得其围。这里诗人以侯嬴自许，暗喻自己知恩必报，不辜负武陵太守之恩。

④信陵：指战国魏公子信陵君魏无忌，他以喜欢贤士、门客众多而闻名天下，家中经常有三千多门客。这里借指武陵太守。

行军九日思长安故园①

岑参

强欲登高去②，无人送酒来③。
遥怜故园菊， 应傍战场开④。

【注释】

①天宝十五年（756），安禄山攻陷长安。七月，李亨在灵武即位，改元至德。至德二年二月，肃宗李亨由灵武进至凤翔。六月，诗人由杜甫等举荐，任右补缺谏官。九月唐军收复长安，诗可能是该年重阳节所作。诗歌通过描写重阳节的无绪，抒发了对长安的思念和对国都沦陷的忧虑以及内心的无限沉痛。九日：九月九日重阳节。

②登高：重阳节登高、饮菊花酒，是古代传统风俗。

③晋代诗人陶渊明重阳节没酒喝，无精打采地在东篱下赏菊，恰好太守王泓派人给他送酒来，才得醉倒在地。这里用这个典故。

④应傍：应该挨着。

婕妤怨①

皇甫冉②

花枝出建章③，凤管发昭阳④。
借问承恩者， 双蛾几许长?⑤

【注释】

①这首咏史诗借汉代婕妤的哀怨，表现了失宠宫女的哀怨，批判了君恩不公的社会现实，抒发了诗人怀才不遇的愤懑。婕妤：宫中女官名。这里特指汉成帝时的班婕妤（班固的姑姑），汉成帝得了美女赵飞燕、赵合德姐妹后，班婕妤受到冷落，她写了《纨扇诗》等诗文诉说自己的失宠的哀怨。后人就以《婕妤怨》为题写了不少以她为题材的乐府诗。

②皇甫冉（718—767）：字茂政，晋代高士皇甫谧之后裔，润州丹阳（今江苏丹阳）人，唐代著名诗人，"大历十才子"之一。天宝十五年（756）进士，官无锡尉。安史之乱时，为避战乱寓居义兴（今宜兴），入阳羡山建别墅隐居。大历初，累迁右补阙，奉使江表，病卒丹阳。工于五、七律诗，风格清丽，为人所重。有《皇甫冉诗集》三卷。

③花枝：比喻打扮得如花似玉的美人。建章：汉代宫名。

④凤管：雕有凤凰图案的精美箫管。这里指音乐。昭阳：汉代宫名。

⑤蛾：女子修剪得细细弯弯的眉毛。意思说，你们虽仗着美貌暂时得宠，但不会久长，一旦色衰，下场与我同样。

题竹林寺①

朱放②

岁月人间促， 烟霞此地多。
殷勤竹林寺③，更得几回过④？

【注释】

①这首题壁诗是诗人游览竹林寺时所作。诗歌借景抒怀，借对
竹林寺的留恋，委婉含蓄地抒发了思古之幽情和对竹林七贤
等古代隐士生活方式的向往，流露出对社会现实的不满。竹
林寺：寺名，为晋代竹林七贤游赏之处。一说是江苏丹徒的
竹林寺。

②朱放（？—788）：字长通，唐代襄州襄阳（今湖北襄樊）
人。时江浙名士都仰慕其高义而从之游，贞元二年（786），
朝廷拜朱放为左拾遗，辞不就。朱放工诗，风度清越，神情
萧散，有诗名。《全唐诗》存其诗一卷。

③殷勤：亲切，流连眷恋之情。

④更得：再得，再能够。

三 闾 庙①

戴叔伦②

沅湘流不尽③，屈子怨何深。

日暮秋风起， 萧萧枫树林。

【注释】

①这是一首凭吊楚国大诗人屈原的诗，又题作《三闾大夫庙》《过三闾庙》。诗人以深沉凄婉的笔调，描写了屈原庙冷落凄凉的景象，抒发了对屈原怀才不遇、忠而见谗的不幸遭遇的深切同情。三闾庙：屈原庙，故址在今湖南汨罗县境内。屈原是战国时楚人，曾任三闾大夫。三闾大夫是春秋、战国以来晋、鲁等国的公族大夫，职务是管理宗族事务，教育贵族子弟。三闾即楚宗室昭、屈、景三姓聚居之所。

②戴叔伦（732—789）：字幼公，一字次公。一说名融，字叔伦。润州金坛（今属江苏）人。为"大历十才子"之一。贞元四年（788），授容州刺史、兼御史中丞充容管经略使，世因称"戴容州"。作品以反映农村生活见长，大多采取七言歌行的形式，是白居易新乐府体的先声。有《戴叔伦集》。

③沅湘：沅水、湘水，河名，均在今湖南省。

于易水送人①

骆宾王②

此地别燕丹③，壮士发冲冠④。
昔时人已没， 今日水犹寒。

【注释】

①又题作《易水送别》，作于唐高宗仪凤四年（679）秋，骆宾王出狱后离开长安奔赴定襄（今山西）时。一说作于唐高宗开耀元年（681）诗人出使燕齐时。此诗借荆轲易水别燕丹的史实，抒发了诗人易水离别友人的无限凄楚，以及古今同悲的深沉感慨。易水：水名，发源于河北省易县。

②骆宾王（640—684）：字观光，婺州义乌（今属浙江）人，唐代诗人，与王勃、杨炯、卢照邻为"初唐四杰"，又与富嘉谟并称"富骆"。他七岁即以《咏鹅》诗出名。曾从军西域，久戍边疆。调露二年（680），出任临海县丞，世称骆临海。光宅元年（684），武则天废中宗李显，准备改唐为周。徐敬业据扬州起兵，骆宾王任艺文令，掌管文书机要，起草《讨武曌檄》。徐敬业兵败后，下落不明。有《骆宾王集》。

③燕丹：燕太子丹。

④壮士：指荆轲。战国后期，燕国太子丹聘请勇士荆轲前往秦国刺杀秦王嬴政，以挽救燕国。荆轲出发时，太子丹在易水（河名，在今河北）边设酒为他送行，荆轲在酒宴上唱了一首激昂悲壮的歌："风萧萧兮易水寒，壮士一去兮不复还！"由于种种原因，荆轲后来在秦国朝廷上刺杀秦王没有成功而自己被杀，但秦王也被吓得半死。

别卢秦卿①

司空曙②

知有前期在③，难分此夜中。

无将故人酒， 不及石尤风④。

【注释】

①又题作《留卢秦卿》。诗人故交卢秦卿要远行，诗人以此诗赠别。诗用比喻、拟人、对比等修辞手法写自己殷勤留客，抒发了依依不舍的深情厚谊。

②司空曙（720—790）：字文明，一说字文初，广平（今河北永年）人，唐代诗人，"大历十才子"之一，又是同为"大历十才子"的卢纶的表兄。屡次赴试，后登进士第，官至虞部郎中。司空曙磊落有奇才，在长安曾与卢纶、独孤及和钱起吟咏唱和。其诗多赠别、羁旅之作，善于表现异乡流落之感和穷愁失意之情，意蕴深长。有《司空曙诗集》二卷。《全唐诗》录其诗二卷。

③前期：前约，约定以后见面的时间。

④石尤风：行船时的逆风。《江湖纪闻》记载：古代有一姓石的女子嫁个丈夫姓尤，丈夫出外经商，妻子思念成病而死，临死时发誓说她将变成逆风，专门阻挡那些抛妻出门的人的船只。后来就有了"石尤风"的说法。

答人①

太上隐者②

偶来松树下， 高枕石头眠。
山中无历日③，寒尽不知年。

【注释】

①据说人们对一位追求闲适恬淡生活的隐者好奇，就当面问他的姓名，他笑而不答，写了这首诗作为回答。诗歌描写了一位无忧无虑的山中隐士远离尘世烦扰的悠闲舒适生活，含蓄地抒发了对社会现实的不满。答人：回答别人的问话。

②太上隐者：唐代终南山中的一个隐士，名不详。

③历：日历，历书。

五言律诗

幸蜀回至剑门[①]

李隆基[②]

剑阁横云峻，　銮舆出狩回。
翠屏千仞合[③]，丹嶂五丁开[④]。
灌木萦旗转，　仙云拂马来。
乘时方在德，　嗟尔勒铭才[⑤]。

【注释】

①唐玄宗天宝十四年（755年），安禄山起兵反唐，唐玄宗从长安逃往蜀地（今四川），两年后唐军夺回长安，他又由蜀地返回长安。这首诗就是回长安途中经过剑门时所作。剑门：又叫剑阁，在今四川剑阁县，是关中地区通往蜀地的一个极险峻的要塞，与大、小剑山相接。幸：皇帝出行叫"幸"。

②李隆基（685—762）：即唐玄宗，是睿宗李旦第三子。始封楚王，后为临淄郡王。延和元年（712）即位。即位后励精图治，任用姚崇、宋璟为相，使唐朝经济、政治、文化等诸多领域的发展达到了顶峰，出现了开元盛世的辉煌局面，但晚年却纵情声色，酿成安史之乱。李隆基多才多艺，精通音律，工书法。《全唐诗》存诗一卷。

③翠屏：形容剑山如翠绿的屏风。

④丹嶂：形容剑阁如红色的屏障。五丁：相传上古蜀地与关中无路可通，后来秦王骗蜀王说要送他一头能拉金屎的金牛，

蜀王就派五丁力士开了一条通往关中的路，蜀地从此与外界相通，同时也失去了天然的屏障。

⑤勒铭才：扫平强敌功劳巨大可以刻碑传世的大功大才。汉朝大将窦宪击败匈奴，在匈奴境内的燕然山上勒铭（刻石立碑）纪功。这里暗用这个典故。

和晋陵陆丞早春游望^①

杜审言^②

独有宦游人^③，偏惊物候新^④。

云霞出海曙^⑤，梅柳渡江春。

淑气催黄鸟^⑥，晴光转绿蘋^⑦。

忽闻歌古调^⑧，归思欲沾巾^⑨。

【注释】

①又题作《和晋陵陆丞相早春游望》，陆丞即陆元方，武后时曾任宰相，写了《早春游望》一诗，杜审言便以此诗相和。诗以清丽的语言描绘出江南明媚的春景，表现了宦游在外的人对物候变化的敏锐感受，抒发了诗人深切的思乡之情，同时称颂了陆丞诗格调高古，富于艺术感染力。晋陵：县名，昆陵郡治所，在今江苏常州市。

②杜审言（？—708）：字必简，祖籍襄州襄阳（今属湖北），随父亲迁居巩县（今属河南），诗人杜甫的祖父。咸亨元年（670）进士及第，曾拜著作郎，几经浮沉，后任国子监主簿、修文馆直学士。与李峤、崔融、苏味道为"文章四友"。精于律诗，尤工五律，与同时的沈佺期、宋之问齐名。他对律诗的定型做出了杰出的贡献，由此也奠定了他在诗歌发展史中的地位。有《杜审言集》。

③宦游：在外做官的人。

④偏：特别。物候：不同季节的景象。

⑤出：呈现。曙：曙光。

⑥淑气：温暖的气候。

⑦晴光：晴朗的阳光。蘋：浮萍，蕨类植物，多年生水草，又名田字草。这里化用江淹《咏梅人春游》"江南二月春，东风转绿萍"句意。

⑧古调：古时传统曲调，这里指陆丞的《早春游望》。

⑨归思：思乡的念头。

蓬莱三殿侍宴奉敕咏终南山^①

杜审言

北斗挂城边^②，南山倚殿前^③。
云标金阙迥^④，树杪玉堂悬^⑤。
半岭通佳气，　中峰绕瑞烟。
小臣持献寿，　长此戴尧天^⑥。

【注释】

①这是一首应制诗，为贺唐中宗生日而作。唐中宗景龙三年（709）十一月十五日，时中宗诞辰，长宁公主满月，中宗在蓬莱三殿赐宴群臣，杜审言奉命而作。诗以终南山为比较对象，写其祥云笼罩，然而比终南山更为高峻的却是皇宫，即使是北斗星也没有它高远，显示出皇宫的雄伟壮丽，同时表达了诗人愿世代昌宁的美好愿望。蓬莱三殿：指唐大明宫内的蓬莱、紫宸、含元三殿。奉敕（chì）：奉皇帝之命写诗。终南山：在今陕西省西安市南。

②北斗：指北斗星。

③南山：终南山，在长安城南，也名南山。

④云标：云端。金阙：皇宫，指其富丽堂皇。迥（jiǒng）：高远。

⑤树杪（miǎo）：树梢。玉堂：本为汉代宫殿，这里泛指宫殿。

⑥戴：头顶着，引申为生活在什么情况下。尧天：如同尧帝时代的太平盛世一样。

春夜别友人①

陈子昂

银烛吐青烟， 金樽对绮筵②。
离堂思琴瑟③， 别路绕山川④。
明月隐高树， 长河没晓天⑤。
悠悠洛阳道， 此会在何年。

【注释】

①武则天垂拱四年（688）前后，陈子昂准备离开故乡，前往洛阳，友人张筵为他饯行，陈子昂便作赠诗二首，本诗为第一首。一说作于中宗文明元年（684），诗人离蜀赴洛阳应试。诗借景抒怀，按照由内到外的次序描绘一个即将远行的人眼中所见，抒发了诗人即将与友人分别的依依不舍，设想离别后路途的迢递，更增加了分别时的惆怅，并表达了对重逢的期待。

②樽：酒杯。绮筵：华美丰盛的宴席。

③离堂：为朋友设宴饯行的屋子。思：忧伤。

④别路：朋友分别后踏上的路程。

⑤长河：银河。

长宁公主东庄侍宴①

李峤②

别业临青甸③，鸣銮降紫霄④。
长筵鹓鹭集⑤，仙管凤凰调⑥。
树接南山近⑦，烟含北渚遥⑧。
承恩咸已醉⑨，恋赏未还镳⑩。

【注释】

①唐中宗景龙四年（710）四月一日，中宗幸临长宁公主庄园，诗人奉命而作此诗。诗中描写了诗人随驾到长宁公主东庄别墅宴会上的见闻感受，极尽铺张颂扬之能事。诗一开始就把皇帝车骑到东庄比作是从天而降，将宴会音乐比为仙乐，宴会之盛大非凡，也就不言而喻。三联描绘东庄景色气象阔大，南山渭水尽收眼底，尾联说明皇帝车驾流连忘返的原因。长宁公主：唐中宗李显的女儿。东庄：长宁公主的别墅。

②李峤（644—713）：字巨山，赵州（今河北赵县）人。二十举制策甲科进士，历高宗、武则天、中宗、玄宗四朝，累迁给事中、吏部尚书、中书令等职。李峤文学造诣很深，诗多咏物之作，与苏味道合称苏李，又与苏味道、崔融、杜审言并称"文章四友"。晚年被尊为文章宿老。代表作《汾阴行》颇为时人推崇。有《李峤集》。

③青甸：青色的郊原。

④銮（luán）：皇帝车驾上用的铃。紫霄：本指天，此指皇宫。

⑤长筵：长排的宴席。鹓（wǎn）鹭：本为两种鸟名，因为飞

行有序，所以用来比喻百官朝见皇帝时秩序井然。

⑥仙管：管乐的美称。凤凰调：形容音调优美，像凤凰鸣叫。

⑦南山：终南山。

⑧渚（zhǔ）：水中陆地。

⑨承恩：蒙受恩典。咸：全、都。

⑩恋赏：流连玩赏。还镳（biāo）：返回。镳，马嚼子，代指马。

恩制赐食于丽正殿书院宴赋得"林"字^①

张说

东壁图书府^②，西园翰墨林^③。
诵诗闻国政， 讲易见天心。
位窃和羹重^④，恩叨醉酒深^⑤。
载歌春兴曲^⑥，情竭为知音^⑦。

【注释】

①唐玄宗于开元十三年（725）建丽正殿书院，命时任宰相张说为书院使，执掌儒臣讲读经史诸事。张说在宴席上，奉唐玄宗之命作诗，得"林"字韵。诗歌通过与丽正殿书院结构、作用，抒发了自己监管书院的欣喜与感激，表达了自己将不辜负皇帝的厚爱竭力而为的决心。丽正殿书院：即丽正书院，唐玄宗开元十三年（725）建，集四方学士修书、讲学，是帝王研学之处。书院：职掌修书和侍讲的官署。宴赋：在宴会上即席作诗。得林字：分得"林"字赋。古人即席作诗，往往从古诗文中找出几句，各分其中一个或几个字作韵脚字。

②朱壁：星宿名。古人认为东、壁两星主管天下文士图书。这里借指丽正书院。

③西园：三国魏人曹植曾建西园招揽文人学士。这里也借指书院。翰墨林：文人学士聚集的地方。

④位窃：诗人自谦的说法，居官。和羹：本指调和羹汤，借指宰相之职。古诗文中常用"和羹"或"调羹"代指宰相职位，意思是宰相协调百官处理政事，也如用各种配料调制羹汤

一样。

⑤恩叨：即叨恩，受到恩惠。

⑥载：乃，就。春兴曲：充满春意的曲子，指本诗。

⑦情竭：尽情。知音：知己，知遇，这里指唐玄宗。

送 友 人^①

李白

青山横北郭^②，白水绕东城^③。

此地一为别， 孤蓬万里征^④。

浮云游子意， 落日故人情。

挥手自兹去^⑤，萧萧班马鸣^⑥。

【注释】

①此诗作于唐玄宗天宝末年（约754年），是李白在安徽宣城与游人赠别之作。一说作于唐玄宗开元二十六年（738），李白漫游江淮所作。诗歌以孤蓬、浮云作比喻，形象地写出了游子的孤苦无依、飘浮不定，以落日为喻，生动地写出诗人对友人依依惜别的深情，是一首送别的传世佳作。

②郭：外城；古人称城外为郭，郭外为郊，郊外为野。

③白水：清澈的河水。

④蓬：蓬草，又名飞蓬，枯后根断，遇风飞旋，多用来比喻漂泊在外的旅人。

⑤兹：此。

⑥萧萧：马鸣声。班马：离群的马，此指离别的马。班，别。

送友人入蜀①

李白

见说蚕丛路②，崎岖不易行。

山从人面起，　云傍马头生。

芳树笼秦栈③，春流绕蜀城。

升沉应已定④，不必问君平⑤。

【注释】

①天宝二年（743）春天，李白游坊州，不久归长安，适逢友人王炎入蜀，便作此诗及《剑阁赋》送之。诗中借用神话传说，描绘了蜀山的悬崖峭壁，突出了蜀道的崎岖和艰险，流露出李白对友人的关切之情。同时，也劝慰友人，不要对功名利禄耿耿于怀，同时用之自勉，暗寓诗人失意的牢骚。入蜀：到蜀地（今四省川）去。

②蚕丛：传说中的上古蜀国国王。这里借指蜀地即今四川。

③秦栈：由秦地（今陕西）入蜀的栈道。栈道是古人在无法通行的悬崖峭壁上用木头架成的通道。

④升：升官，得宠。沉：降职，失意。

⑤君平：汉人严遵字君平，善于占卜算命，常在成都卖卜。这里泛指卜卦算命的人。

次北固山下①

王湾②

客路青山外，　行舟绿水前。
潮平两岸阔③，风正一帆悬④。
海日生残夜⑤，江春入旧年⑥。
乡书何由达，　归雁洛阳边。

【注释】

①又诗题作《江南意》，是诗人进士及第后，南游吴中，在北固山下停宿时所作。诗歌描绘出江南壮阔的美景，借鸿雁北飞抒发了客子淡淡的思乡愁绪。

②王湾（693—751）：洛阳人，先天元年（712）进士及第。开元初，为荥阳主簿。开元五年又与陆绍伯等调入秘阁校书，终洛阳尉。博学工诗，诗虽流传不多，但享名甚大。

③潮平：江水高涨而又平静。两岸阔：一作"两岸失"。

④风正：风顺而。

⑤海日：从海上升起的朝阳。残夜：夜尽时，天快亮的时候。

⑥入旧年：指春暖早到节令交替。

苏氏别业①

祖咏②

别业居幽处③，到来生隐心④。
南山当户牖⑤，沣水映园林⑥。
竹覆经冬雪， 庭昏未夕阴⑦。
寥寥人境外⑧，闲坐听春禽。

【注释】

①此诗是诗人游览苏氏别业后所作，描绘了苏氏别业清幽寂静的景色，衬托了别业主人高洁的品质，表现了诗人出入其中感受到的超然。

②祖咏（699—?）：洛阳人。唐开元年间中进士第，屡遭迁谪，仕途落拓，遂无意于政治，归隐汝坟别业，以渔樵隐居生活终。祖咏与王维交情颇深，往来酬唱频繁。其诗作以描写隐逸生活、山水风光为主，辞意清新、文字洗练，是盛唐山水田园诗派代表人之一。有《祖咏集》。

③幽处：幽静的地方。

④隐心：归隐山林的心思。

⑤南山：终南山。当：对着。户牖（yǒu）：门窗。

⑥沣（fēng）水：又作"丰水"，渭水的支流，发源于终南山。

⑦未夕阴：意思是因为花木浓密，遮蔽庭院，所以不到傍晚院中就显得阴沉沉的了。

⑧寥寥（liáo）：空寂，人迹罕至。人境：人间。

春宿左省①

杜甫

花隐掖垣暮②，啾啾栖鸟过③。

星临万户动④，月傍九霄多⑤。

不寝听金钥⑥，因风想玉珂⑦。

明朝有封事⑧，数问夜如何⑨。

【注释】

①此诗大约作于唐肃宗乾元元年（758），杜甫时任左拾遗。诗中描写了诗人在门下省值宿时的情景，刻画了其从傍晚到深夜直至清晨的见闻感受，表现了诗人的小心谨慎、忠于职守内心世界。宿：值宿，值夜班。左省：左掖，古时称门下省为左掖，在皇宫东边，临近左掖门。

②掖垣（yè yuán）：皇宫的旁垣，偏殿的短墙，也用来称中书、门下两省，这里指门下省。

③啾啾（jiū）：鸟鸣声。栖鸟：归鸟。

④动：灿然欲动。

⑤九霄：九天，天的最高处，这里喻指宫殿。

⑥金钥：本指门上的钥匙，这里指开宫门的钥匙声。

⑦玉珂：玉制的马铃。

⑧封事：密封的奏书。

⑨数（shuò）问：多次问。夜如何：夜晚的时辰几何。

题玄武禅师屋壁^①

杜甫

何年顾虎头^②，满壁画沧洲^③。

赤日石林气， 青天江海流。

锡飞常近鹤^④，杯渡不惊鸥^⑤。

似得庐山路， 真随惠远游^⑥。

【注释】

①这首诗是诗人观赏了玄武禅师屋中壁画后所作的，称颂了画师精湛的技艺、画面的神奇，表达了自己观画后的欣赏、赞叹与痴迷，同时也含蓄地表现了玄武禅师的法力、德行。玄武禅师：玄武庙中的僧人。禅师，是对和尚的尊称。玄武，山名，又名宜君山、三嵎山，在玄武县（今四川省中江县）东二里，一说是大雄山玄武庙。

②顾虎头：晋代名画家顾恺之，小字虎头。

③沧洲：水滨。这里指画上的山水。

④相传南朝梁武帝时有和尚宝志和道士白鹤道人争舒州（今安徽舒城县）的潜山，都想在那里修建自己的寺院或道观，梁武帝萧衍把他们叫来，要他们当面显法术，各飞一件东西去山里作记号，谁的东西先到就归谁。白鹤道人放出白鹤，而宝志和尚则把他的锡杖（和尚用的手杖，头上装有锡环）抛入空中，也追着白鹤飞往山中，而且还先到。壁画中大约画有"杖鹤争飞"和下句"杯渡"的场面。

⑤杯渡：相传南朝时有个天竺国来的和尚能乘着木杯渡河渡海。

⑥惠远：东晋高僧，曾在庐山修行，与陶渊明有交往。这里以惠远比玄武禅师，以陶渊明自比。

终南山①

王维

太乙近天都②，连山到海隅③。

白云回望合，　青霭入看无④。

分野中峰变⑤，阴晴众壑殊⑥。

欲投人处宿⑦，隔水问樵夫。

【注释】

①唐玄宗开元年末、天宝年初，王维在终南别业过着亦官亦隐的生活，这首诗大约写于这一时期。诗以游踪为线，用凝练而夸张的手法生动传神地写出终南山的巍峨雄伟、气象万千，表达了诗人的赞赏之情。

②太乙：又名太一，终南山的别名，是秦岭主山峰之一。天都：天帝所居之处。

③海隅：海边。终南山并不到海边，这里是夸张的说法。

④青霭（ǎi）：青色云气。入：接近，进入。

⑤分野：古人将地上的大行政区划与天上的星宿对应起来，分成若干区域，这叫分野。这句意思是说终南山极大，占据着几处分野。

⑥壑（hè）：谷。殊：不同。

⑦人处：有人居住的地方。

寄左省杜拾遗[①]

岑参

联步趋丹陛[②]，分曹限紫薇[③]。
晓随天仗入[④]，暮惹御香归[⑤]。
白发悲花落， 青云羡鸟飞[⑥]。
圣朝无阙事[⑦]，自觉谏书稀。

【注释】

①唐肃宗时期，杜甫时任左拾遗，岑参任右补阙，二人都是谏官。这首酬赠诗描写诗人与杜甫联袂上朝的情形，称颂杜甫将青云直上，表现了自己的寂寞与迟暮之悲。也有人认为诗人在貌似歌功颂德的言辞中，寄寓了对君王文过饰非的失望与不满。左省：门下省，因在宫殿左侧而得名。杜拾遗：杜甫，时任左拾遗之职。

②联步：同步，并行，这里是说自己与杜甫一起上朝。趋：碎步快走，极为谨慎的样子。丹陛（bì）：朝堂上的红色台阶，借指朝廷。

③分曹：分班，各立左右。限：分隔。紫薇：紫薇省，即中书省，诗人时任右补阙，属中书省，杜甫任左拾遗，属门下省，一左一右，分班办公。

④天仗：皇帝的仪仗。

⑤惹：沾染，带着。御香：朝会时金殿上的炉香。

⑥青云：比喻高官显爵，以鸟飞青云上比喻杜甫将很快得到显贵的官职。

⑦阙事：缺点，过失。阙，同"缺"。

登总持阁①

岑参

高阁逼诸天②，登临近日边。

晴开万井树③，愁看五陵烟④。

槛外低秦岭，　窗中小渭川。

早知清净理⑤，常愿奉金仙⑥。

【注释】

①又题作《登总持寺阁》。诗中从多种角度用夸张的手法描绘总持阁的雄伟高大，以及登临后感受到的超脱境界。即总持阁：总持寺阁，故址在终南山上。总持，是佛教用语，意思是持善不失，持恶不生，无所缺漏。

②诸天：佛教认为天有三十三种，合称"诸天"。这里指高空。

③井：指长安街道四方如井。万井，即万家。

④五陵：位于长安西北的五座陵墓。

⑤清净理：指信佛修行达到心无杂念的境界这一套道理。

⑥奉：侍奉。金仙：佛像。传说汉明帝梦见一仙人身长一丈六尺，紫金身，就问是何人。有人回答说是西方的佛。明帝就派蔡愔到西域（今印度）求佛。佛教就此传入中国。

登兖州城楼^①

杜甫

东郡趋庭日^②，南楼纵目初^③。
浮云连海岱^④，平野入青徐^⑤。
孤嶂秦碑在^⑥，荒城鲁殿余^⑦。
从来多古意，临眺独踌躇。

【注释】

①唐玄宗开元二十五年（737），杜甫到兖州看望父亲，登兖州城，作此诗。诗人描绘了登兖州城楼所见到的雄浑阔大的壮丽景观，抒发由秦碑、鲁殿引发思古之幽情。兖州：古称东郡，唐代州名，在今山东兖州市西。

②东郡：指兖州。趋庭：典出《论语·季氏》载："鲤（孔子儿子）趋而过庭。"意为随侍父母，这里指杜甫到兖州看望父亲杜闲。

③南楼：兖州南城楼。纵目：放眼远望。初：首次。

④海：指渤海。岱：岱宗，泰山别名。

⑤青徐：古代两个州名。

⑥秦碑：秦始皇出巡天下时登峄山（在今山东邹县），刻了一块石碑立在山上，歌颂他的功绩。"秦碑"指这块碑。

⑦鲁殿：指西汉鲁恭王刘余建的灵光殿，旧址在今山东曲阜县。

送杜少府之任蜀川①

王勃②

城阙辅三秦③，风烟望五津④。
与君离别意⑤，同是宦游人⑥。
海内存知己⑦，天涯若比邻⑧。
无为在歧路⑨，儿女共沾巾⑩。

【注释】

①又题作《杜少府之任蜀州》。这是王勃供职长安时写的一首送别名诗。诗中描绘了长安的阔大气象和西蜀的烟雾迷蒙，表达了离别之意。颈联、尾联的劝慰显示了诗人不凡的胸襟和奋发向上的精神，也成为千古名句。少府：县尉，地位仅次于县令，掌管一带治安。之任：赴任。蜀川：今四川省。

②王勃（650—676）：字子安，绛州龙门（今山西省河津县）人。初唐诗人，与杨炯、卢照邻、骆宾王以诗文齐名，并称"初唐四杰"。王勃才华早露，未成年即被司刑太常伯刘祥道赞为神童，高宗麟德年初应举及第，授朝散郎，后补虢州参军，因擅杀官奴当诛，遇赦除名。其父亦受累贬为交趾令。上元二年（675）或三年（676），王勃南下探亲，渡海溺水，惊悸而死。王勃的诗今存八十多首，多为五言律诗和绝句。有《王子安集》。

③城阙：本指皇宫门前的望楼，这里指唐代京都长安。阙，宫门前的望楼。辅：拱卫，护着。三秦：指长安附近的关中一带，秦亡以后，项羽曾将秦国故地分为雍、塞、翟三个国家，

故称三秦。

④五津：当时四川岷江从灌县到犍为县一段有五个渡口，即白华津、万里津、涉头津、江南津、江首津。

⑤君：您，指杜少府。离别意：离别的意绪。

⑥宦游人：因出仕而身处异乡的人。

⑦海内：四海之内，指天下。

⑧涯，天边，极远的地方。比邻：近邻。唐制四家为邻。

⑨无为：不要。歧路：岔路口。

⑩沾巾：让泪水沾湿手巾（或佩巾），指像小儿女那样哭泣。

送崔融①

杜审言

君王行出将②，书记远从征③。
祖帐连河阙④，军麾动洛城⑤。
旌旗朝朔气⑥，笳吹夜边声⑦。
坐觉烟尘扫⑧，秋风古北平⑨。

【注释】

①武则天万岁登封元年（696），契丹李尽忠在营州（今辽宁境内）反叛，朝廷派武三思率兵讨伐，崔融任节度使幕府执掌书记随军出征，临行前朝廷设宴饯行，诗人便赋诗赠之。诗人描绘出送别场面的壮观，设想军旅到达北方必将大功告成，表达了自己的祝福。崔融：唐代诗人，字安成，齐周全节（今山东历城附近）人。武后长安间任著作佐郎，迁右史。后贬袁州刺史，不久召回，授国子司业。

②行：将要。出将：派将出征。

③书记：指崔融，时任节度使幕府执掌书记随军出征。

④祖帐：饯别时在野外临时搭建的帐篷。河阙：黄河边的城阙。

⑤军麾（huī）：军中旗帜，借指军旅。洛城：洛阳城。

⑥朔气：北方的寒气。

⑦笳：胡笳，一种管乐器，类似笛子，军中用来发布号令。边声：边地的胡笳声。

⑧坐觉：顿觉。烟尘：战事。

⑨古北平：古代的北平郡，秦汉时叫右北平郡，西晋时称北平郡，唐初改称平州，治所在今河北省卢龙县东。

扈从登封途中作①

宋之问②

帐殿郁崔嵬③，仙游实壮哉④。
晓云连幕卷， 夜火杂星回⑤。
谷暗千旗出⑥，山鸣万乘来⑦。
扈游良可赋， 终乏掞天才⑧。

【注释】

①武则天在万岁通天二年（696）腊月，前去祭祀河南嵩山，宋之问随行，在回登封的途中作了这首诗来颂扬这场盛事。诗人用夸张的手法描写皇帝行宫的庄严华贵，显示了皇家的不凡气派，表达了歌功颂德之意。扈（hù）从：皇帝出行时随从护驾。

②宋之问（656？—712）：一名少连，字延清，汾州西河（今山西汾阳）人。他与沈佺期齐名，世称"沈宋"。上元二年（675）进士及第。曾先后谄事于张易之和太平公主。睿宗即位后，宋之问被贬于钦州，后赐死。宋之问精音律，在近体诗定型中起了重要作用。有《宋之问集》。

③帐殿：皇帝出巡时用帐幔搭建的临时宫殿。郁：文采华丽的样子。崔嵬（wéi）：高大的样子。

④仙游：皇帝出巡的诔称。壮：雄壮威武。

⑤夜火：夜间用来照明的灯烛。回：指运转。

⑥谷暗千旗出：上千面旗帜遮暗了山谷，扈从的军队走了过来。

⑦山鸣万乘来：山间发出轰鸣声，皇帝的车驾由此经过。万乘，指代帝王。

⑧乏：缺少。掞（yàn）天才：形容非常有文采。掞天，光芒照天。掞，光芒。

题义公禅房^①

孟浩然

义公习禅寂^②，结宇依空林^③。
户外一峰秀， 阶前众壑深。
夕阳连雨足^④，空翠落庭阴^⑤。
看取莲花净^⑥，方知不染心^⑦。

【注释】

①又题作《题大禹义公房》。诗人用禅房幽静的环境衬托义公的道行高洁，巧妙地以莲花为比喻，称颂禅师内心一尘不染、毫无尘俗思想。义公：指名字中有一"义"字的僧人。禅房：僧房。

②禅寂：指佛教中以寂灭思索冥想为宗旨的修为。

③结宇：构屋居住，造房。空林：空旷的山林。

④雨足：也称"雨脚"，下雨时与地相接的雨丝。

⑤空翠：空明苍翠。

⑥莲花净：莲花出淤泥而不染，故多以莲花象征洁净。东晋高僧慧远在庐山创立了净土宗，谢灵运为他开凿了两个池塘种白莲花，所以称为白莲社，净土宗又称莲宗，它所宣扬的西方净土被称为莲邦。

⑦方：一作"应"。

醉后赠张九旭^①

高适

世上漫相识^②，此翁殊不然^③。
兴来书自圣，　醉后语尤颠^④。
白发老闲事^⑤，青云在目前^⑥。
床头一壶酒，　能更几回眠。

【注释】

①唐玄宗开元二十三年（735），高适应征赴长安，落第。次年结交张旭、颜真卿等人。时张旭被玄宗召为书学博士，高适与其饮酒，并赐此诗。他从张旭平日不轻易与人交往、兴来草书、醉后语颠三个方面突出其豪放不羁，对其青云直上表示祝贺，对其日后能否如往常一样生活表示关心与忧虑，显示了诗人与张旭的深厚友谊。张九旭：即张旭，字伯高，江苏吴县（今属江苏苏州）人，唐代著名书法家，以草书著称，人称"草圣"，因排行第九，故称张九旭。其书法与李白的诗歌、斐旻的剑舞并称为"天下三绝"。

②漫相识：随意交往。

③此翁：张旭。殊不然：特别与众不同。

④颠：癫狂，张旭号称"张癫"。

⑤老：在此为久经其事之意。

⑥青云：青云直上，这里指张旭被唐玄宗召为博士一事。

玉 台 观①

杜甫

浩劫因王造②，平台访古游。
彩云箫史驻③，文字鲁恭留④。
宫阙通群帝⑤，乾坤到十洲⑥。
人传有笙鹤⑦，时过北山头。

【注释】

①唐代宗广德元年（763），杜甫寓居梓州（今四川省三台），因汉州刺史房琯卒于阆中，杜甫前去为其治丧，此间游玉台观，作此诗。诗人用了一系列典故与神话传说，描绘了玉台观的雄伟壮丽景象，写出道观的飘然出世的风貌。玉台观：道观名，中唐高祖之子滕王李元婴在任洪州刺史时所建，在阆中（今四川阆中市）北七里。

②浩劫：道家称道观的屋基大台阶为"浩劫"。这里借指玉台观。王：指滕王李元婴。

③箫史：《列仙传》载，箫史善吹箫，秦穆公便把喜欢箫的女儿弄玉嫁给了他，并为他们建造了凤台。数年以后，弄玉跨凤，箫史驾龙，双双升天。

④鲁恭：指西汉鲁恭王刘余。他曾拆毁孔子旧宅建造灵光殿，在孔宅墙中发现大批古代经书。这里的"文字"借指玉台观中的碑文之类，意思是滕王虽死，道观和观中文字都留存传世。

⑤群帝：五方之帝，道教认为天有群帝，而大帝最尊。

⑥十洲：古代传说中仙人居住的十个岛屿，即《海内十洲记》所载的祖洲、瀛洲、玄洲、炎洲、长洲、元洲、流洲、生洲、凤麟洲、聚窟洲，此处泛指四海之地。

⑦笙鹤：《神仙传》载，周灵王之子子乔，好吹笙，作凤鸣，游伊洛间，道士浮丘公接他上了嵩山，三十多年后，乘鹤而去。

观李固请司马弟山水图①

杜甫

方丈浑连水②，天台总映云③。

人间长见画， 老去恨空闻④。

范蠡舟偏小⑤，王乔鹤不群⑥。

此生随万物⑦，何处出尘氛⑧？

【注释】

①唐代宗广德二年（764），杜甫的友人李固将表弟给他画的画挂在墙上，请杜甫题咏，于是写下此诗。这首题画诗赞美山水画的形象逼真、绘画者技艺高超，并借画中景色表达出对隐逸、游仙生活的向往，含蓄地表达了对社会现实的不满。李固：蜀人，其弟曾任司马，能作山水画。

②方丈：传说中的仙山，这里指画中的仙境。浑：全。

③天台：山名，在今浙江省天台县西。

④恨：遗憾。空闻：只是听说而已。

⑤范蠡（lǐ）：春秋时越国大夫，辅佐勾践灭吴之后，泛舟太湖，不知所向。

⑥王乔：参见前《玉台观》注。这一联的意思是说，自己也想隐居山水，可范蠡的船太小容不下；自己也想成仙飞离尘世，可王乔的仙鹤只有一只，没法跟他前去。也就是自己为俗尘所缠走投无路的意思。

⑦随万物：随万物而浮沉，即随俗而生。

⑧尘氛：尘俗世间。

旅夜书怀①

杜甫

细草微风岸②，危樯独夜舟③。
星垂平野阔④，月涌大江流⑤。
名岂文章著⑥，官应老病休。
飘飘何所似， 天地一沙鸥。

【注释】

①唐代宗永泰元年（765），严武去世，杜甫辞去幕僚职务，携家眷离开成都草堂，乘舟东下。这首诗便是写于从成都到忠州（四川忠县）的路上。诗以雄浑壮阔的景象衬托一叶扁舟的微不足道，以孤苦飘零的沙鸥比喻自己，表现出诗人的凄苦悲凉以及孤独寂寞。旅夜：旅行中的夜晚。

②细草：江岸小草。

③危樯（qiáng）：高而直的桅杆。独夜舟：夜泊孤舟。

④星垂：星光低垂。

⑤涌：腾跃，此指波光闪烁。大江：长江。

⑥文章：指诗赋。

登岳阳楼①

杜甫

昔闻洞庭水，　今上岳阳楼。
吴楚东南坼②，乾坤日夜浮③。
亲朋无一字④，老病有孤舟。
戎马关山北⑤，凭轩涕泗流⑥。

【注释】

①唐代宗大历三年（768）岁末，吐蕃侵略陇右、关中一带，杜甫携家眷由公安（今湖北境内）南来，抵达岳阳，登临岳阳楼，赋诗咏怀，写下此诗。诗歌描绘了洞庭湖的浩瀚壮阔景象，寄寓了诗人身世坎坷、怀才不遇、孤苦飘零等复杂的感情，表达了对国家时局忧心愁怀。岳阳楼：岳阳（今湖南省岳阳）城西门楼，高三层，为开元年间岳州刺史张说所建，前临洞庭湖。

②吴楚：春秋时两个诸侯国名，其地域大致在我国东南部的湖南、湖北、江西、安徽、浙江、江苏等长江中下游一带地方。坼（chè）：分开，古楚地大致在洞庭湖的西北部，吴在湖的东南部，两地好似为湖水分开。

③乾坤日夜浮：通过日月在湖中悬浮写出洞庭湖的广阔与气势。

④字：书信。

⑤戎马：兵马，此指战事。当时吐蕃不断侵扰灵武等地，郭子仪领兵五万驻守奉天（今陕西乾县）。关山北：泛指北方边地。

⑥凭轩：依着楼窗。涕泗：眼泪鼻涕。

江南旅情①

祖咏

楚山不可极②，归路但萧条。

海色晴看雨③，江声夜听潮④。

剑留南斗近⑤，书寄北风遥。

为报空潭桔⑥，无媒寄洛桥⑦。

【注释】

①此诗写于诗人离家远游吴楚之地，继而返乡的途中。诗以江南景色作衬托，写出诗人羁旅漂泊之苦；归路萧条，写出诗人索然无绪；"北风遥"，书信难寄；"无媒"寄橘，写出了乡音难达的思乡之苦。

②楚山：泛指江南的山。极：尽。

③海色：海上日出的景色。又解作江边的景色。

④江声：江水奔流的声音。夜听潮：从江流奔腾声判断是否涨潮。

⑤南斗：星宿名。古人把天上星宿与地上行政区划对应，南斗对吴地（今江苏一带）。剑是当时读书人出门随身佩带之物，所以用来代指自己。

⑥潭：吴潭，地名，产橘子。

⑦媒：传递人，使者。洛桥：洛阳有天津桥，很有名。这里即指洛阳，作者的家乡。

宿龙兴寺①

綦毋潜②

香刹夜忘归， 松清古殿扉。
灯明方丈室③，珠系比丘衣④。
白日传心净⑤，青莲喻法微⑥。
天花落不尽⑦，处处鸟衔飞。

【注释】

①诗中描写诗人游览佛寺留宿不归的见闻感受，反映了僧侣的夜间生活，传达了玄妙的佛理，表达了诗人超脱尘俗向往方外的思想。龙兴寺：其所指说法不一，一说在今湖北省房县西北，一说在今湖南省零陵县西南。

②綦毋潜（692—?）：字孝通，一作季通，荆南（今属湖北江陵）人。开元十四年（726）进士及第，初宜寿尉、左拾遗。后为集贤院待制，为著作郎迁左拾遗，后迁为著作郎。安史之乱后，他归隐于江淮一带。其诗善写幽寂之景，诗风接近王维，充满禅理，为盛唐田园山水诗代表人物之一。《全唐诗》收录其诗一卷，共二十六首。

③方丈室：本为寺院长老或住持说法处，此处泛指禅房。

④珠：佛教徒所挂的念珠。比丘：和尚。

⑤白日：这里比喻长老传法时，心像白日那样明朗洁净。

⑥青莲：青色莲花，佛教以为莲花清净无染，常用来指称和佛教有关的事务，这里指佛经。法微：指佛法精微。

⑦"天花"以下两句：典出《维摩经·观众生品》载，佛祖让天女散花来试探菩萨和声闻弟子的道行，花落之不尽，有鸟衔之而去。

题破山寺后禅院①

常建②

清晨入古寺，　初日照高林。
曲径通幽处，　禅房花木深。
山光悦鸟性，　潭影空人心③。
万籁此俱寂④，惟闻钟磬声⑤。

【注释】

①又名《题山寺后禅院》。诗中描绘了山寺后禅院清晨时分幽雅清静的景象，诗人由此领会到玄妙的佛理，抒发了诗人对方外生活的向往。破山寺：又名兴福寺，故址在今江苏省常熟市虞山北，始建于南朝齐，唐咸通九年（868）赐额破山兴福寺。禅房：寺院中僧侣住的地方。

②常建：唐代诗人，生卒年及籍贯不详。开元十五年（727）与王昌龄同榜登科。曾任盱眙尉，后隐居鄂州武昌之西山。常建一生沉沦失意，耿介自守，不趋附权贵。诗多为五言，以描写田园风光、山林逸趣为主，为盛唐山水田园诗派的重要作家。

③空：在这为使动用法，使……空旷。

④万籁（lài）：自然界的各种声音。此俱寂：这里一切都很寂静。

⑤惟闻：只听到。钟磬（qìng）：寺院里的两种乐器，诵经、斋供时用以敲击的信号，开始时用钟，终止时用磬。

题松汀驿①

张祜②

山色远含空③，苍茫泽国东④。
海明先见日，　江白迥闻风⑤。
鸟道高原去⑥，人烟小径通。
那知旧遗逸⑦，不在五湖中⑧。

【注释】

①本诗是诗人访友不遇、途经松汀驿时所作。诗以清丽的语言描绘了江南美景以及道路的险峻，抒发了寻友不遇的怅惘。也有人认为此诗含有对排挤自己的人的讽刺。松汀驿：驿站名，在太湖东部江苏吴江一带，具体位置不详。

②张祜（782—852）：字承吉，郡望清河东武城（今山东武城西北），南阳人，中晚唐著名诗人。曾受节度使令狐楚赏识，上表推荐，遭到元稹反对未能任用，遂浪迹于江淮吴楚之间。他作诗用心良苦，宫词辞曲艳发，五律沉静浑厚，有隐逸之气。有《张祜诗集》《张承吉文集》。

③含：衔接。

④苍茫：旷远迷茫的样子。泽国：多水的地方，水乡。

⑤迥（jiǒng）：远。

⑥鸟道：只有鸟可以飞越的地方，形容山路险峻狭窄。

⑦旧遗逸：指诗人隐居江湖的旧友。遗逸，隐身遁迹的人。

⑧五湖：太湖。

圣果寺①

释处默②

路自中峰上③，盘回出薜萝④。
到江吴地尽⑤，隔岸越山多。
古木丛青霭， 遥天浸白波。
下方城郭近⑥，钟磬杂笙歌。

【注释】

①诗歌写出圣果寺地势的高远、环境的优雅以及俯瞰吴越的气势，虽然靠近尘世却清者自清，不为流俗所扰，表达了诗人方外生活的自适。圣果寺：故址在浙江省杭州市城南凤凰山上。

②处默：唐末诗僧，生卒年不详。曾与释贯休有密切往来，后入庐山，与释修睦、栖隐游，为罗隐、郑谷诗友。

③中峰：主峰。

④盘回：盘旋萦绕的山路。薜（bì）萝：薜荔、女萝，两种藤萝植物。

⑤江：钱塘江，古时江北属吴，江南属越。

⑥下方：山下。城郭：指位于凤凰山北的杭州城。

野望①

王绩②

东皋薄暮望③，徙倚欲何依④。

树树皆秋色， 山山唯落晖。

牧人驱犊返⑤，猎马带禽归。

相顾无相识， 长歌怀采薇⑥。

【注释】

①本诗用散点透视的方法，描绘出一幅动人的山居暮归秋景图，在闲适的情调中抒发了诗人凄凉无依的情感，以及在隋末社会动乱中的复杂情绪。一说寄托了诗人避世隐居之意。

②王绩（586—644）：字无功，自号东皋子、五斗先生，唐初诗人。隋大业元年（605）应孝廉举，中高第，授秘书正字，后为六合县丞。贞观初，王绩自求任太乐丞。好弹琴，诗歌多写山水田园风光与隐士生活，对唐诗的发展有一定影响。

③东皋（gāo）：绛州龙门的一个地方，诗人归隐后的常游之地。皋，水边地。

④徙倚：徘徊。欲何依：打算依靠什么，描绘诗人内心苦闷、彷徨不安的神态。

⑤犊：小牛。

⑥采薇：指隐居。商朝臣子伯夷、叔齐兄弟俩在商朝灭亡后，不愿吃周朝的粮食，逃入首阳山中采薇菜（一种野菜）度日，后饿死。

送著作佐郎崔融等从梁王东征^①

陈子昂

金天方肃杀^②，白露始专征^③。
王师非乐战，之子慎佳兵^④。
海气侵南部^⑤，边风扫北平。
莫卖卢龙塞^⑥，归邀麟阁名^⑦。

【注释】

①这首诗作于武则天通天元年（696）五月。当时契丹入侵入营州，朝廷任命梁王武三思为榆关道安抚使东征，崔融任东征书记随军前行，陈子昂以此诗相劝诫。诗既写出出征的事出有因，又谆谆告诫友人千万不要滥杀无辜、虚报战功，表达了诗人的政治主张，即不怕用兵但要慎于用兵。崔著作：崔融，字安成，武则天时期诗人，因以著作郎的官衔掌书记，故称崔著作。东征：对长安而言，北平一带在东面。

②金天：秋天。秋在五行属金，故称。肃杀：严酷萧瑟的样子。

③专征：皇帝特命将帅全权指挥军队出征，对具体军事行动不加干预，这叫专征。

④之子：你们这些先生。指崔融等人。佳兵：喜欢用兵。泛指征战杀伐的事。

⑤海气：喻指侵略者的嚣张气焰。南部：对契丹人而言，北平一带在其南面。

⑥卢龙塞：当时北方的军事要塞，在今河北卢龙县。

⑦麟阁：麒麟阁，汉宣帝刘询在阁中画霍光等十余名功臣像以表彰他们。这里是借指。

陪诸贵公子丈八沟携妓纳凉晚际遇雨二首[1]

杜甫

其一

落日放船好[2]，　轻风生浪迟。

竹深留客处，　荷净纳凉时。

公子调冰水[3]，　佳人雪藕丝[4]。

片云头上黑，　应是雨催诗。

其二

雨来沾席上，　风急打船头。

越女红裙湿[5]，　燕姬翠黛愁[6]。

缆侵堤柳系[7]，　幔卷浪花浮[8]。

归路翻萧飒[9]，　陂塘五月秋[10]。

【注释】

①又题作《遇雨二首》（因二诗前后相贯，此处便合在一起注解）。诗写贵介公子游赏之乐。才子佳人薄暮泛舟，竹下荷间，正宜避暑；调冰水，雪藕丝，极为舒适；即使是乌云乍起，也无非是上天凑趣，催人作诗。丈八沟：河渠名，天宝元年开凿，故址在今陕西省长安县西南。纳凉：乘凉。

②放船：泛舟，行船。

③调冰水：调和冰块化成的饮料。唐代已有夏天饮冰水之习。

④雪藕丝：雪，擦拭。藕丝，彩色名，雪藕丝即美貌女子在涂脂抹彩梳妆打扮。一说雪藕丝是切藕成丝。

⑤越女：南方的佳人。

⑥燕姬：北方的美女。越女、燕姬在这里都是指歌妓。翠黛：女子的眉毛，古代女子用螺黛（一种旷物染料）画眉，故有此称。

⑦缆：拴船的缆绳。侵：迫近，靠近。

⑧幔：船上的布幔，用以遮阳。

⑨翻：反而。萧飒：萧条冷落。

⑩陂（bēi）塘：池塘，这里指丈八沟。五月秋：时值五月却气候如秋。

宿云门寺阁①

孙逖②

香阁东山下③，烟花象外幽④。

悬灯千嶂夕⑤，卷幔五湖秋⑥。

画壁余鸿雁，纱窗宿斗牛⑦。

更疑天路近⑧，梦与白云游。

【注释】

①本诗描写诗人夜宿云门寺的见闻感受，用夸张的手法写出山寺幽清险峻，表达了诗人由于夜宿山寺而产生的方外之想。

云门寺：故址在今浙江省绍兴市云门山上。

②孙逖（？—761）：唐河南洛阳人。开元中官中书舍人、典制诰，官至太子少詹事。与颜真卿、李华并为当时名士。

③香阁：云门寺阁，佛教称佛地有众香国，楼阁苑囿都香。东山：云门山。

④烟花：指雾气缭绕，如烟似花。象：物象。指世间万物。

⑤千嶂：千山。

⑥卷幔：秋风吹起帐幔。五湖：本指太湖及其附近湖泊，此指镜湖。

⑦斗牛：二星宿，其分野相当于今浙江、江苏、安徽、江西一带，时作者在浙江，故有"宿斗牛"之说。

⑧天路：传说中的登天之路。

秋登宣城谢朓北楼①

李白

江城如画里②，山晚望晴空。
两水夹明镜③，双桥落彩虹④。
人烟寒橘柚，秋色老梧桐。
谁念北楼上，临风怀谢公。

【注释】

①李白在长安郁郁不得志，不得已浪迹天涯。本诗写于唐玄宗天宝十二年（753）秋季，郁郁不得志的李白第二次来到宣城，在谢公楼写下了这首诗。诗描绘了谢朓北楼明丽的秋景和萧瑟的秋意，抒发了对谢朓深切的思古幽情，反映了诗人对谢朓的敬意。宣城：今安徽宣城县。谢朓：南齐著名诗人，他曾任过宣城太守，在宣城陵阳山建了一座楼，后人称为"谢公楼""北楼"或"叠嶂楼"。李白对谢朓十分佩服，多次在诗中提到他。

②江城：即宣城。

③两水：宣城旁有宛溪、句溪两条河。

④双桥：宛溪、句溪上有凤凰桥和济川桥。

临洞庭上张丞相①

孟浩然

八月湖水平，　涵虚混太清②。
气蒸云梦泽③，波撼岳阳城④。
欲济无舟楫⑤，端居耻圣明⑥。
坐观垂钓者，　徒有羡鱼情⑦。

【注释】

①又题作《望洞庭湖赠张丞相》，或《岳阳楼》。这是首干谒诗，作于唐玄宗开元二十一年（733），孟浩然西游长安，写诗呈献给时任丞相的张九龄，以求得到引荐。本诗堪称干谒诗中的极品，在写景诗中也被喻为"洞庭湖之绝唱"。诗中描绘出洞庭湖秋天的壮观奇伟景象，抒发了诗人求官不得的郁郁苦闷，表达了希望得到引荐的心情。洞庭：洞庭湖。张丞相：指张九龄，他曾任宰相。

②涵：包容。虚：虚空。与同句中的"太清"，都是指天。

③云梦泽：云泽和梦泽。上古时代的两个大湖，横跨今湖南湖北，后来大部分淤积成为陆地。

④波撼：洞庭湖水波涛汹涌，似乎可以震撼岳阳城。

⑤济：渡。舟楫：船、桨。

⑥端居：安居，闲居，这里指隐居。耻：感到羞耻。圣明：皇帝圣哲明睿，任用贤明。

⑦羡鱼情：这里以垂钓者比喻隐居者，以羡鱼情比喻脱俗的愿望。

过香积寺①

王维

不知香积寺，　数里入云峰。

古木无人径，　深山何处钟。

泉声咽危石②，日色冷青松③。

薄暮空潭曲，　安禅制毒龙④。

【注释】

①诗歌描绘了香积寺幽深寂静的环境，以及僧人禅坐的情形，表达了诗人的悦禅之情和对佛教生活的向往。过：访问。香积寺：一名开利寺，故址在今陕西省西安市南。

②泉声咽危石：泉水在高耸的岩石间流淌，声音如同人在呜咽。咽，呜咽。危，高。

③日色冷青松：日光照耀下青松让人产生一种阴冷的感觉，形容山深林茂、人迹罕至。

④安禅：禅定，僧人坐禅入定。毒龙：佛经中的凶猛动物，这里比喻非分的想法和欲望。《涅槃经》载：某寺潭中有一条毒龙，一位高僧禅定于潭上念咒语，毒龙浮出水面悔过自新。

送郑侍御谪闽中①

高适

谪去君无恨②，闽中我旧过。

大都秋雁少③，只是夜猿多。

东路云山合④，南天瘴疠和⑤。

自当逢雨露⑥，行矣慎风波⑦。

【注释】

①本诗作于唐天宝十一年（752）秋。高适辞去封丘尉一职，与杜甫、岑参、储光羲等同游长安。秋冬之际，又被哥舒翰表为左骁卫兵参军，遂赴幕府，任书记。当时其友人郑侍御贬谪到福建，诗人写此诗赠他。诗人以自己的亲身经历向友人介绍闽中风物，并着重指出生逢盛世，迟早会得到帝王的恩泽，表达了对友人的美好祝福。侍御：古代达官的侍从。闽中：今福建省一带。

②谪（zhé）：贬谪，古代官员被降职或者外调。无：通"毋"，不要。

③大都：大概。秋雁少：因闽中在南岭南，大雁大都不过南岭，故称秋雁少。

④东路：向东行走。

⑤瘴：瘴气。古人认为是南方山林中一种能使人生病的毒气。疠：瘟疫。和：混杂，兼有。

⑥雨露：比喻皇帝的恩德。

⑦慎风波：比喻的手法，劝诫友人要谨慎。

秦州杂诗①

杜甫

凤林戈未息②，鱼海路常难③。
候火云峰峻④，悬军幕井干⑤。
风连西极动⑥，月过北庭寒⑦。
故老思飞将⑧，何时议筑坛⑨。

【注释】

①本诗作于唐肃宗乾元二年（759）秋。杜甫为房琯辩护得罪肃宗，由左拾遗贬为华州司功参军，这一年关辅（关中）闹饥荒，杜甫弃职举家避居秦州，作《秦州杂诗二十首》，本篇是第十九首。诗写出当时战乱不息、边事不宁以及战士行军环境的恶劣，表达了诗人对时局动荡的焦虑不安。秦州：今甘肃省天水县。

②凤林：关塞名，在今甘肃临夏县。这里泛指西北边地。戈：指战争。

③鱼海：地名，当时被吐蕃占领。

④候火：即烽火。

⑤悬军：深入敌后四面被围的孤军。幕井：军营中的水井。

⑥西极：西边极远之地。

⑦北庭：指北庭都护府所管辖的广大地区。北庭都护府是唐政府派驻西北的最高军政机关。

⑧飞将：本指汉朝名将李广，匈奴人称他为"飞将军"；这里借指当时一代名将郭子仪被宦官排挤陷害，罢职闲居。

⑨筑坛：指重新任命郭子仪为大将。古代任命主将要筑将坛举行拜将仪式。

禹庙[①]

杜甫

禹庙空山里，　秋风落日斜。

荒庭垂橘柚[②]，古屋画龙蛇。

云气嘘青壁[③]，江声走白沙。

早知乘四载[④]，疏凿控三巴[⑤]。

【注释】

①本诗作于唐代宗永泰元年（765）秋。当时杜甫出蜀东下，途经忠州时，游览了禹庙。诗描绘出禹庙凄清荒凉的景色，歌颂了大禹不畏艰险为民造福的精神，含蓄地讽刺了当时社会凋敝不堪的现实。禹庙：在忠州（治所在今四川省忠县）岷江边的山崖上，为纪念大禹所建。

②橘柚：大禹治水后，人民安居乐业，南方的百姓也将丰收的橘柚包好进贡。

③嘘：喷。青壁：指庙外山崖石壁。

④四载：四种交通工具。据说禹治水时走遍天下，平地乘车，山地乘檋，泥地乘橇，水上乘船。

⑤疏凿：开凿河道疏通洪水入海。三巴：泛指今四川地区。汉末军阀刘璋曾在四川设巴郡、巴东郡、巴西郡，合称"三巴"。

望秦川①

李颀②

秦川朝望迥③，日出正东峰。

远近山河净， 逶迤城阙重。

秋声万户竹， 寒色五陵松。

有客归欤叹④，凄其霜露浓⑤。

【注释】

①本诗作于唐玄宗开元二十九年（741），李颀弃官后隐居颍阳东川，与王维、高适、王昌龄等人相过往，这首诗写于诗人罢职之后出长安过秦川时。诗描绘出长安城的壮丽与秦川萧瑟的秋景，委婉含蓄的地表达了诗人罢职之后内心的惆怅与苦闷。

②李颀（690—751）：盛唐诗人。唐开元年间中进士第，曾任新乡县尉，久未迁调，后归颍阳嵩山、少室山一带的东川别业，隐居以终。诗长于五言及七言歌行，以写边塞题材为主，风格慷慨悲凉。有《李颀集》。

③秦川：地名，泛指今陕西、甘肃秦岭以北地区。朝望：早晨东望。迥（jiǒng）：远。

④欤：与下句中的"其"都是语气助词，没有实义。

⑤凄其：寒冷貌。

同王征君洞庭有怀[①]

张谓[②]

八月洞庭秋，　潇湘水北流。

还家万里梦，　为客五更愁。

不用开书帙[③]，偏宜上酒楼[④]。

故人京洛满[⑤]，何日复同游。

【注释】

①又题作《同王征君湘中有怀》，约作于唐代宗大历二、三年间。大历二年（767）诗人任潭州刺史，与元结有往来，颇得其赏识；大历三年，诗人入朝为太子左庶子，离开潭州。诗由潇湘北流引发思乡之情，登楼饮酒本为消愁，却触发了往昔宴饮的回忆，徒增愁绪。诗歌生动地写出羁旅之愁。同：和。王征君作了一首《洞庭有怀》诗，作者和作这首。"征君"是对皇帝召见过但又未曾做官的人的称呼。

②张谓（721—780）：字正言，唐代河内（今河南沁阳县）人。天宝二年进士，唐代诗人。其诗多五、七律诗，清新流畅。《全唐诗》存其诗一卷。

③书帙（zhì）：书籍。帙，布帛作的包书的套子。

④偏宜：最应该。

⑤京洛：京都长安及东都洛阳一带。

渡扬子江①

丁仙芝②

桂楫中流望③，空波两畔明。
林开扬子驿，山出润州城④。
海尽边阴静⑤，江寒朔吹生⑥。
更闻枫叶下，淅沥度秋声。

【注释】

①此诗的作者一说是孟浩然。诗以"望"字为核心，移步换景，抓住人在船中视角不断变化的特征，描绘出一幅优美的扬子江秋景图，寄予了诗人淡淡的思乡愁绪。

②丁仙芝：字元祯，唐代润州曲阿（在今江苏丹阳县）人，生卒年不详。开元十三年进士，后任主簿等职。颇负诗名，现存诗十四首。

③桂楫：桂木做成的船桨，这里指代船。楫，船桨。中流：江中。

④润州：唐代州名，故址在今镇江市。

⑤边阴：边地的云气。

⑥朔吹：北风。

幽州夜饮①

张说

凉风吹夜雨， 萧瑟动寒林。

正有高堂宴②，能忘迟暮心③。

军中宜剑舞， 塞上重笳音④。

不作边城将， 谁知恩遇深⑤。

【注释】

①本诗作于唐玄宗开元六年（718）。诗人自开元元年（712）
罢相，贬相州，后迁荆州长史、幽州都督，久不得还京，心
中怨愤不已。这首诗写诗人在幽州任上与边将宴饮，描绘了
萧瑟的秋景、凄凉的笳音，抒发了被贬边关后的忧闷心情和
宦海浮沉的感慨。幽州：唐代州名，治所大约在今北京市
大兴。

②高堂宴：高大的厅堂里摆设的宴席。

③迟暮：岁暮，衰老或者事业无成。

④重：注重。笳音：边地吹奏笳管的声音。

⑤恩遇：皇帝的恩宠。